무공을 배운 자

목마 퓨전 판타지 장편소설

WISHBOOKS FUSION FANTASY STORY

무공을 배우다 11

목마 퓨전 판타지 장편소설

초판 1쇄 찍은 날 | 2020년 4월 17일
초판 1쇄 펴낸 날 | 2020년 4월 24일

지은이 | 목마
펴낸이 | 예경원

기획 | 위시북스
편집책임 | 이은송
편집 | 위시북스

펴낸곳 | 예원북스
등록번호 | 제396-2012-000132호
등록일자 | 2012. 7. 25
KFN | 제1-525호

주소 | 경기도 고양시 일산동구 호수로 646-24 위너스21II빌딩 206A호 (우)10401
전화 | 031-819-9431 팩스 | 031-817-9432
E-mail | yewonbooks@naver.com

ISBN 979-11-365-2218-4 04810
979-11-6424-342-6 (set)

※ 이 도서의 국립중앙도서관 출판시도서목록(CIP)은 서지정보유통지원시스템 홈페이지(http://seoji.go.kr)와 국가자료공동목록시스템(http://www.nl.go.kr/kolisnet)에서 이용하실 수 있습니다.

Wish Books
무공을 배우자
11
목마 퓨전 판타지 장편소설
WISHBOOKS FUSION FANTASY STORY

무공을 배우다

CONTENTS

1장
우자를 아니까

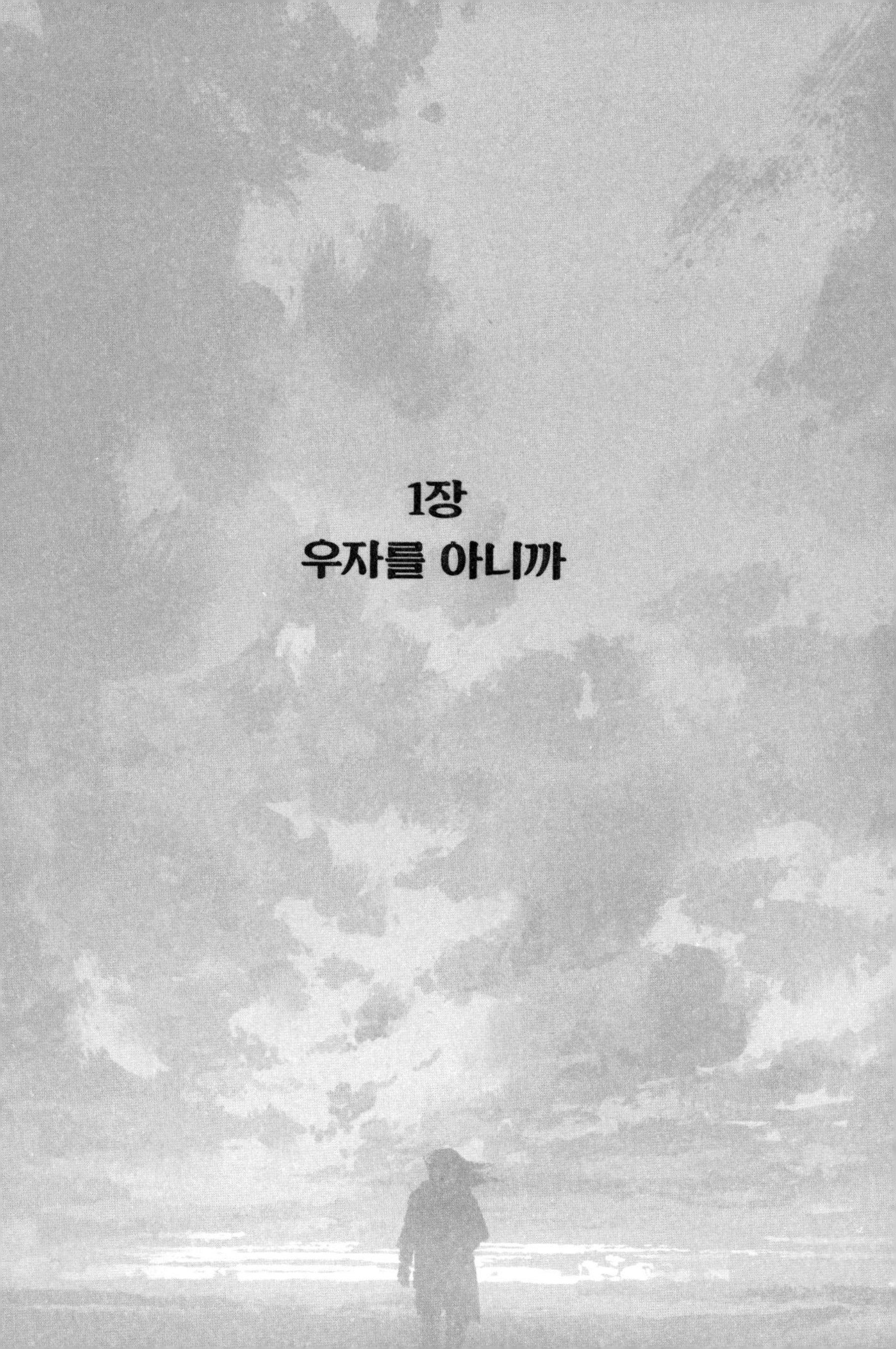

-오늘 화천 어비스에서 나타난 의문의 몬스터가 종적을 감추었습니다.

-현장에는 이석천 씨가 이끄는 천왕 길드의 정예 150명을 포함한 230명의 헌터가 대기하고 있었지만, 토벌에는 실패했습니다.

-다행히 사망자는 한 명도 발생하지 않았지만, 그리스의 어비스에서 일어난 참극이 재현되는 것이 아닐까 화천 시민들은 불안에 떨고 있습니다.

핸드폰이 쉬지 않고 울렸지만, 백현은 곧장 연락을 받지 않고 의자를 뒤로 젖혀 생각에 잠겼다.

서민식 또한 굳은 얼굴로 앞에 앉아 있었다.

화천 어비스에서의 중계가 끝난 지 제법 되었지만, 둘은 아직까지 이 카페에 앉아 있었다.

"너 안 가도 되냐?"

백현은 시선을 아래로 내려 서민식을 쳐다보았다. 서민식은 턱짓으로 테이블 위의 핸드폰을 가리켰다.

"아까 연락 왔어. 오늘 방송 취소래."

"그래?"

"나 말고 다른 헌터들도 출연하기로 한 거였는데. 이런 상황이 되었으니 팔자 좋게 예능이나 찍고 있을 수 있겠냐. 생방송은 아니라지만 요즘 SNS가 좀 빨라? 방송국에 얼굴 보인 순간 바로 논란거리될걸."

무음으로 설정해 둔 서민식의 핸드폰도 계속해서 전화가 걸려오고 있었고, 문자 알림이 갱신되고 있었다.

백현은 피식 웃으면서 뒤로 기울이고 있던 의자를 바로 놓았다.

주변에서 쑥덕거리며 백현을 곁눈질해 대고 있었다.

"어쩔래?"

"나? 나야 뭐 까라는 대로 까야지. 한국에서 벌어진 일이고, 발 뺄 핑곗거리도 없어. 미담은 이미 끝났다고."

백현의 질문에 서민식은 짜증스러운 목소리로 대답했다.

"별 도움은 안 되겠지만. 뭐 어쩌겠냐? 다들 좋아하잖아, 보여주기식으로 뭐라도 하는 거. 관리국은 헌터를 강제하지 않는다지만, 자국에서 이런 일이 벌어진 이상 관리국이 아니어도 정부가 먼저 움직일 거다. 군바리들만 고생하게 생겼지, 가뜩이나 화천에 군부대도 많은데."

액정의 불빛이 꺼지지 않는 핸드폰을 아예 뒤집어 버렸다. 커피를 마시고 남은 얼음을 와작와작 씹던 서민식의 눈이 가늘어졌다.

"그러는 넌 어쩔래?"

"생각 중이야."

백현은 어깨를 으쓱거리며 대답했다. 그 대답에 서민식이 헛웃음을 흘렸다.

"의외네. 너 센 놈이랑 싸우는 거 좋아하잖아. 당장 화천 뛰어가야 하는 것 아니야?"

"내 머리에 싸움밖에 없는 줄 알아?"

"아니었어?"

"싸움이 꽤 많은 비중을 차지하고 있긴 해."

주변의 시선을 받으며 둘은 실없는 이야기를 나누었다.

낮은 소리로 웃던 백현의 얼굴이 제법 진지한 표정으로 바뀌었다.

"왜 안 죽인 걸까?"

"응?"

"화천 어비스에서 말이야. 한 명도 안 죽이고 기절만 시켰어. 왜 그랬을까?"

'안 죽었으면 좋은 거 아니야?'

서민식은 목젖 근처까지 나온 질문을 삼켰다. 아무도 죽이지 않았다는 것은 그로서도 의외였으니까.

그 몬스터, 그걸 몬스터라고 해야 할지조차 의문이었지만. 그녀는 그곳의 모두를 몰살시키고도 넘칠 여력을 지니고 있었던 것은 분명했다.

"……죽이고 싶지 않아서?"

"왜?"

서민식의 눈썹이 찡그려졌다.

왜냐고 되묻는 말에는 대꾸할 말이 없었다. 그곳의 사람들이 죄다 죽기라도 했어야 한단 말인가?

서민식은 한숨을 푹 내쉬며 머리를 벅벅 긁었다.

"새꺄, 내가 어떻게 알아?"

"산토리니에서는 다 죽었어."

"거기 튀어나온 놈이랑 여기서 튀어나온 놈은 다르잖아. 성별부터가 다르더만. 그런데 그거 여자 맞겠지?"

"그 얼굴에 남자는 아니겠지."

백현은 그렇게 투덜거리면서 빈 커피 잔을 툭툭 쳤다. 그러다가 고개를 돌렸다. 쭈뼛거리며 다가온 알바생이 백현과 시선이 마주치자 어색한 미소를 지었다.

"그건 뭐예요?"

"서…… 서비스예요."

알바생이 들고 있는 쟁반에는 조각 케이크와 베이글 같은 디저트들이 가득했다.

엉거주춤 다가와 쟁반은 내려놓는 알바생을 향해 백현은 기겁하며 손사래를 쳤다.

"아니, 괜찮아요. 이거 다 먹지도 못해요."

"그럼 커피라도 더 드릴까요……?"

"그거도 서비스에요?"

"아, 아뇨, 리필……."

"여기 리필도 해줘요?"

놀라서 되묻는 말에 알바생이 울상을 지었다.

서민식은 헛웃음을 흘리며 알바생이 내려놓은 베이글 하나를 집어 들었다.

"별다방에서 커피 리필해 주는 건 처음 보네."

"아, 앞으로 오시면 계속 리필해 드릴게요. 근데 저기……."

알바생이 백현을 쳐다보았다. 잔뜩 힘을 준 눈에 눈물이 그렁그렁 맺혀 있었다.

"해, 해주실 거죠?"

주어 없는 바람이었지만 간절하게 들렸다.

잠시 알바생을 바라보던 백현은 낄낄 웃으면서 몸을 일으켰다.

"나 안 삐졌잖아요."

그리고 그다지 먹고 싶지도 않은 베이글을 하나 집고서 웅웅 울려대는 핸드폰을 받았다.

"러시아에서 귀국하라더군."

샤나크는 거실에 나와 있었다. 언제나 튕겨대는 기타는 보이지 않았고, 소파에 앉은 그의 곁에는 봉제 인형이 다소곳이 앉아 있었다.

"왜?"

"쓸데없는 일에 휘말리지 말라는 것이지. 관리국 쪽에서 제대로 된 대응 방안이 나오지도 않았으니, 일단은 러시아로 귀국해 대기하라는 거다."

"그래서, 돌아가려고?"

샤나크는 어깨를 으쓱거렸다.

"난 내가 하고 싶은 대로 한다."

"그러면 러시아 말을 안 듣게 되는 거잖아."

"내가 그들 눈치를 볼 것 같나?"

"아니."

생각할 필요도 없는 즉답에 샤나크가 큭큭 웃고는 창문에서 시선을 떼어 백현을 쳐다보았다.

“화천으로 갈 건가?”

“일단은.”

“내가 도와줘야 하나?”

“음, 일단 가서 얘기나 좀 들어보고. 도와달라고 하면 도와줄 거야?”

“네가 부탁한다면.”

샤나크는 심드렁한 표정으로 대답했다.

두 사람의 대화를 듣던 서민식은 어이가 없어서 입을 벌렸다.

둘은 이번이 초면이었다. 백현에게서 샤나크와 봉제 인형에 관한 이야기를 듣기는 했지만, 저 괴팍하고 뮤지션을 자칭하는 사도가 백현을 저렇게까지 우호적으로 대한다는 것이 놀라울 따름이었다.

“왜 아무 말도 안 하고 계세요?”

백현은 봉제 인형에게 물어보았다. 그러자 봉제 인형이 숙이고 있던 고개를 들어 백현을 보았다.

[이 상황에 대해 생각하고 있었어.]

“검무희 맞죠?”

백현은 샤나크의 맞은편에 앉았다. 그러자 봉제 인형이 기다렸다는 듯이 뽀르르 날아와 백현의 무릎 위에 앉았다.

봉제 인형이 양 주먹을 들어 백현의 다리를 두드렸다.

[맞아. 그건 틀림없이 검무희였어.]

"천존도 나왔었으니, 언제 또 다른 놈이 튀어나올지 모른다는 생각은 했었어요. 마룡왕이 아니라는 걸 다행이라 생각해야 하나?"

[……그나마 나은 최악인 거지. 검무희와 천존은 그 격이 달라.]

봉제 인형이 뾰로통한 목소리로 말했다.

[어떤 면에서는 마룡왕보다 까다로울지도 몰라.]

"왜요?"

[눈 때문이지.]

"네?"

[어비스에서부터 그랬어. 다른 신격들과는 다르게, 검무희의 권속은 그리 많지 않았거든. 물론 가장 적은 것은 흑장미여왕이었지만…… 검무희도 만만찮게 적기는 했지. 그리고 흑장미여왕은 성역에서의 방어전 정도만 치를 뿐 어지간해서는 나가지 않았어. 하지만 검무희는 아니었단 말이야.]

방문이 열리고 사라가 걸어 나왔다. 그녀는 넓은 거실에 사이좋게 모여 앉은 사람들을 보며 눈살을 찡그렸다.

[검무희는 자신이 다른 신격들에 비해 현저히 부족하다는 것을 잘 알고 있는 것처럼 행동했지. 자신의 눈을 적극 활용해

서 최대한 싸움을 피해 다른 신격들의 싸움에 끼어들곤 했어. 관점에 따라서 비열하다고 말할 수도 있겠지만, 뭐, 서로 죽이는 싸움에 비열할 게 뭐가 있겠어?]

'확실히.'

백현은 눈자위를 어루만지며 생각했다.

그는 검무희의 정체가 검령이라고 확신하고 있었다.

우자에게 심안을 가르친 것이 검령이었으니, 검무희의 심안은 백현보다 훨씬 높은 경지에 있을 것이다. 어쩌면 우자보다 더.

게다가 검무희는 천존처럼 무턱대고 날뛰는 성격도 아니었다.

헌터들을 죽이지 않은 것은 이쪽에게 괜한 자극을 가하고 싶지 않아서일까.

그건 꽤 잘 먹혀 들었다. 죽일 수 있음에도 죽이지 않았다는 것에 대해, 관리국은 검무희를 두고서 '대화가 가능한', '협상할 수 있는', '우호적인' 존재일지도 모른다고 떠들고 있었다.

이건 천존 때와는 경우가 다르다. 튀어나온 즉시 헌터들을 몰살시킨 천존은 곧바로 무조건적인 토벌령이 내려졌지만, 자취를 감춘 검무희에게는 천존 때와 같은 토벌령이 내려지지 않았다.

[세상이 아무리 발전했다지만 세상 전체를 들여 볼 수는 없는 노릇이잖아. 검무희가 숨고자 한다면 찾아내는 것은 굉장히 어려울 거야.]

'마법을 쓰면?'

[마법이라고 만능은 아닌 데다, 문제는 검무희의 눈이야. 아무리 은밀하게 포위망을 좁혀봤자 검무희는 금세 눈치챌걸? 도망칠지 도망치지 않을지는 그녀의 선택이겠지만.]

봉제 인형이 투덜거렸다.

백현은 잠시 동안 생각에 잠겼다.

'왜 나온 거지?'

[그건…… 나도 모르지. 뭔가 이유가 있어서겠지만…… 아까도 말했지만 검무희는 굉장히 신중해.]

'그래서 앞뒤가 안 맞아요.'

[응. 이 세상에 나오는 건 굉장히 리스크가 큰 일이니까. 아무리 자기 힘에 자신이 있다고 해도, 그 구멍에서 나오게 되어버리면 모두가 자신의 적인걸. 검무희는 그 리스크를 감수하면서 뭘 원하는 걸까?]

"아직도 얘기하고 있어?"

곁에 다가온 사라가 백현의 어깨를 두드리며 뚱한 표정을 지었다.

백현은 고개를 들어 사라를 쳐다보았다.

"이제 다 끝났어."

"오늘 드라마 마지막 회였는데, 그 계집애 때문에 결방이야."

사라가 입술을 삐죽 내밀었다.

"내일도 결방이랬어. 다음 주에야 볼 수 있을 거 같아."

"그것참 큰일이군."

"하나도 큰일이라고 생각 안 하면서."

투덜거리던 사라가 백현의 옆에 앉았다. 그러더니 무릎 위에 앉아 있던 봉제 인형을 홱 낚아챘다. 봉제 인형이 백현의 머릿속에 꺅꺅하고 비명을 질렀다.

"잡을 거면 빨리 잡아."

"나타나야 잡지."

백현이 사라의 투덜거림을 받아주는 동안, 서민식은 지끈거리는 두통을 내색하지 않으며 몸을 일으켰다. 그러고는 쳐다보는 시선에 대충 손을 흔들어준 뒤, 홀로 화장실에 들어갔다.

"……어우."

이 두통은 약을 먹어도 사라지지 않는다. 머릿속에서 끊이지 않는 목소리로 인한 것이다. 목소리가 멈추지 않는 한 계속 지끈, 지끈.

[템페스트가 불길한 예감을 느낍니다.]

[템페스트가 당신에 대한 걱정에 불안을 느낍니다.]

[템페스트가 관여해서 안 된다고 사정합니다.]

[템페스트가 간절한 눈으로 당신을 응시합니다.]

"날 미치게 하는 건 너야."

쏴아아.

세면대의 물을 틀며 서민식은 변기 위에 걸터앉았다.

"지긋지긋해. 대체 나한테 왜 이러는 거야? 왜 하필 나냐고."

처음 템페스트의 총애를 알게 되었을 때. 그때는 뭔가, 선택받았다는 기분을 느끼기도 했었다. 템페스트와 계약한 수많은 헌터 중에서, 오직 나만이 이런 총애를 받고 있다는 사실이 아주 싫지는 않았다.

그것이 끔찍함으로 바뀌었던 것은 이미 오래되었다.

서민식은 고개를 푹 숙이고 머리카락을 쥐어뜯었다.

이렇게 말하고, 괴로워해도. 템페스트의 행동을 전하는 목소리는 멈추지 않는다. 이 군주는 아무리 묻고, 원망을 성토해도 '우울한 눈'으로 화답할 뿐. 묻는 말에는 아무런 대답도 해주지 않는다.

[템페스트가 우울한 눈으로 당신을 바라봅니다.]

그래. 늘 이런 식이다.

우거진 수풀을 보는 것이 오랜만이란 생각이 들었다. 나무 사이를 날아다니는 산새의 지저귐도, 풀이 발에 밟히는 감촉과 소리, 왱왱거리며 날아다니는 날벌레. 나무 기둥을 올라가는 다람쥐와…… 많은 짐승.

어비스에 저런 짐승은 존재하지 않는다. 어비스에 살아가는 것은 모두가 몬스터다.

그렇기에, 검무희는 불쾌하지 않은 고양감을 느끼고 있었다.

고개를 들어 하늘을 보면, 따사롭고 환한 태양이 보인다. 그 또한 어비스의 태양과는 다르다. 그저 빛을 뿜어댈 뿐인 어비스의 태양과 다르게, 이곳의 태양은 생명을 살아가게 하는 활력의 빛을 뿜고 있었다.

'자유.'

가끔, 마룡왕은 그것에 대해 말하곤 했었다. 물어본 적도 없는데…… 단둘이 있을 때. 침묵이 지겨웠던 모양인지. 마룡왕은 자신의 바람에 대해 들려주었다.

혼돈의 근원을 손에 넣으면. 그녀는, 어비스를 자신의 세상으로 만들고 싶다고 했었다. 질 낮고 추잡한 몬스터들을 치우고, 혼돈 가득한 어비스를 '진짜 세상'으로 만들어 군림하고 싶다고. 그 말을 할 적에 마룡왕의 눈은 소녀처럼 빛나고 있었다.

'그대가 그리하겠다고 한다면, 본녀는 그대를 죽이지 않고 친우

로서 내 세상에 살아가게 해주겠소.'

선심 쓴다는 듯이 건넨 말에 난 어떤 대답을 했더라. 그리 오랜 시간이 흐르지도 않았는데, 기억이 잘 나지 않았다. 대단치 않은, 지나가며 한 대화여서.

그런 주제에 마룡왕의 '꿈'은 확실하게 기억하는데. 정작 자신의 대답이 기억나지 않는다.

말없이 웃었을까. 농담하지 말라고 반박했을까. 아니면 그냥…… 무시했나?

'난…….'

기억의 희미한 이유는, 그에 대한 대답에 회의감을 느꼈기 때문이다.

저리도 확고하게 자신의 꿈에 대해 말하는 마룡왕과는 다르게, 검무희는 그런 것이 전혀 없었다. 혼돈의 근원을 손에 넣기 위해 어비스에 왔다. 하지만 '왜' 근원을 탐하는가?

모른다.

역천자가 이죽거리기 전부터, 검무희는 자신의 기억이 텅 비었다는 것을 알고 있었다. 그녀의 욕망은 그녀 자신의 것이어야 할 텐데, 정작 욕망하는 이유를 모른다. 그냥 바랄 뿐이다. 그냥…… 그냥.

'자유도 꽤 좋아.'

어비스에서는 느끼지 못했던 바람을 이곳에서는 느낄 수 있었다.

'마룡왕은 이런 세상을 만들고 싶었던 걸까.'

그리 생각하면, 만약에……. 혼돈의 근원을 손에 넣지 못하게 되었을 때, 도저히 마룡왕을 이길 수 없게 되었을 때. 허무하게 사라지느니, 차라리 그녀의 세상에서 살아가는 것도 나쁘지는 않을 것 같다는 그런 생각이…….

검무희는 손으로 이마를 짚었다.

아니…… 벌써부터 그런 생각을 해서는 안 된다. 아직 근원을 찾지도 못했다. 마룡왕과 싸우지도 않았다. 벌써부터 패배했을 때의 생각을 해서는 안 된다.

"……우자."

검무희는 자그만 목소리로 그 이름을 불러보았다. 그 이름을 되뇔 때마다 가슴이 울린다.

그녀는 왜 자신이 혼돈의 근원을 탐하는지 모른다. 분명히 원하는데, 욕망의 이유를 모른다.

하지만 이 욕망은 분명히 알았다. 그녀는 우자가 누구인가 궁금했고, 그 이름에서 비롯된 미혹이 불쾌했다.

그렇다면 베어 죽여야 마땅하다.

화천 어비스 관리소의 입구에는 사람이 잔뜩 몰려 득실거렸다. 불안과 불만을 성토하러 모인 인근 주민과 기자들. 끌같잖은 시민 단체들의 피켓도 보였다.

관리소 위에 천공성이 멈춰 서자, 다들 하늘을 올려 보며 아우성쳤다. 주민들은 백현의 이름을 외치며 도움을 청했고, 기자들의 카메라도 백현에게 향했다. 몇몇 방송사는 참 용감하게도 헬기를 몰고 천공성에 가까이 왔다.

그 시점에서, 백현은 이미 관리소 안에 들어와 있었다.

당연한 주목이 이어졌다. 노골적으로 이쪽을 쳐다보기는 하지만 가까이 다가와 말을 거는 사람들은 없었다. 어색하고 민망해서가 아니라, 백현의 눈치를 보기 때문이었다.

산토리니에서 귀국하고, 인천공항에서 했던 인터뷰는 효과가 있었다. 화천 어비스에서 나타난 몬스터가 산토리니의 몬스터와 같다면, 그를 토벌할 수 있는 것은 오직 백현뿐이었다.

“혼자 오셨습니까?”

응접실에 모여 있던 사람 중, 한국 어비스 관리국장인 전태수가 얼떨떨한 얼굴로 중얼거렸다.

그의 곁에는 정수아의 부친이자 어비스 관리소장인 정철우가 처참한 얼굴로 시선을 주먹을 쥐고 있었다.

상식 외의 일이었다고는 하나, 화천 어비스에서 일어난 일은 그의 책임이었다. 특히나 몬스터의 도주 경로도 제대로 파악하지 못하고 놓쳐 버렸다는 것이 그의 마음을 무겁게 하고 있었다.

"저 혼자로는 부족한가요?"

"아니, 그건 아닙니다."

전태수는 기겁하며 손사래를 쳤다.

백현은 엉거주춤 일어나 있는 사람들을 한 번씩 쳐다보고서 빈자리에 앉았다. 그제서야 서 있던 사람들이 자리에 앉았다.

"어떻게 됐어요?"

"……관리소에 대기하고 있던 헌터들이 즉시 추격에 나섰지만, 아직 발견했다는 연락은 오지 않았습니다."

"그리 오랜 시간이 흐르지 않기는 했지만 보여주었던 속도를 생각하면 이미 화천을 벗어났을지도 모릅니다."

부산스레 이야기들이 이어졌다.

백현은 뚱한 얼굴로 오가는 이야기에 귀를 기울였다.

인접한 군부대의 병사들로 포위망을 구성했다, 위성을 통해 탐색 중이다…… 늘어놓는 이야기는 장황했지만, 결론은 이거였다.

"열심히는 하고 있지만 어디로 갔는지는 모르겠다는 거네요."

그 말에 모두의 말문이 막혔다.

백현은 전태수를 쳐다보았다. 갑자기 향한 시선에 전태수의 어깨가 움찔 떨렸다.

그는 설마 백현이 이 사태에 대한 무능함을 탓하는 것이 아닐까 긴장했다.

"알았어요."

걱정했던 비난이 하지 않고, 백현은 몸을 일으켰다.

"어, 어디 가십니까?"

"여기 앉아서 머리 싸매고 있어봐야 방법이 나오는 것도 아니니, 주변이라도 살펴보려고요."

전태수는 당황해 어쩔 줄 몰라 했지만, 그들이 붙잡기도 전에 백현은 응접실의 문을 열어버렸다.

응접실을 나온 백현은 가장 먼저 장벽 안쪽의 어비스 입구로 향했다.

혼자 온 것은…… 휘말리게 하고 싶지 않아서였나? 그런 이유도 있겠지만 그게 전부는 아니다. 사적인 문제다. 아주 사적인.

백현은 우자를 알기에, 우자를 아는 검무희와 사적으로 얽힐 수밖에 없었다.

그녀 역시 그럴까. 내 손을 마주 잡으며, 검무희는 우자의 이름을 불렀다. 그 이름을 말하며 검무희는 어떤 기분을 느꼈을까.

백현은 그녀를 만나고 싶었다. 넌 대체 누구냐고 묻고 싶었다. 우자를 어떻게 기억하고 있는지 묻고 싶었다.

그 이전에, 검무희를 죽이고 싶다고 생각했다. 우자에게 들었던 이야기와 그에게 전수받은 천의무봉과 죽고 싶었다고 말한 우자를 위해서.

시커먼 아가리를 쩍 벌리고 있는 어비스 구멍 앞의 평원. 그곳에는 아무도 없었다. 백현은 잠시 그곳에 서서 이동 중에 보았던 영상을 되짚었다.

저 구멍에서 검무희가 나왔다. 그리고…… 잠시 뒤에.

'안 보였어.'

물론 영상으로 보는 것과 실제 눈으로 보는 것은 다르다지만. 백현은 검무희가 헌터들을 제압하는 데 쓴 수법을 파악하지 못했다.

아무리 영상의 속도를 느리게 해보아도 똑같았다.

검을 뽑아서, 위에서 아래로. 그게 전부다.

거리는 상당했다. 위에서 아래로 내리 베는 동작으로 주변의 전원을 제압했다.

'의기상인?'

자연스레 그것이 떠올랐다.

하지만 쓰러진 자들은 '베였다'라는 감상을 늘어놓았다. 그런 주제에 그들의 몸에는 상처 하나 없었지만.

'저쪽.'

백현은 높다란 벽 너머를 보았다. 검무희가 사라진 방향은 동쪽이다. 만약 검무희가 도중에 방향을 바꾸지 않고 쭉 나아갔다면, 그녀는 동해와 붙은 속초나 고성 쪽으로 향했을 것이다.

북쪽으로 가지 않았다는 것이 그나마 다행이었다. 헌터의 시대가 열리면서 북한과의 관계도 상당히 개선되었다지만, 여전히 한국은 분단국가다.

물론 백현은 자잘한 외교 문제를 신경 쓸 생각이 없었지만, 재수 없을 경우 검무희와 맞닥뜨리기 전에 북한군의 총알 세례를 받을지도 몰랐다.

추격하고 있는 헌터들과 군인들에게는 아무 기대도 하지 않는다. 어비스에서 튀어나온 것은 일반적인 몬스터가 아니다.

이전에 나왔던 천존도 위치엔드가 도움을 준 덕에 위치를 찾아낼 수 있었다. 검무희가 숨고자 한다면 인간으로서는 그녀를 찾아낼 수 없을 것이다.

'그쪽에서 도와준다면 딱인데.'

백현은 위치엔드를 떠올리며 혀를 찼다.

'우선 동쪽으로 가볼까.'

백현은 하늘로 날아오르며 동쪽으로 방향을 잡았다.

솔직히 추적술에는 그다지 자신이 없었다. 도원경에서 다양한 무공을 접했지만, 그중에 추적술은 없었다.

"머리가 나쁘면 몸이 고생한다더니."

백현은 투덜거리면서 하늘을 날았다. 추적술을 제대로 배운 적은 없지만, 백현의 기감은 아주 많은 것을 느끼게 해준다.

'일단 기감에 의존해서…….'

심안을 떴다.

하늘로 떠오른 백현의 몸이 멈칫 굳었다.

백현은 잠시 동안 제 자리에 서서 정신을 가다듬었다. 잘못 본 것이 아니었다. 확실하게 보인다.

심안은 흐름을 보게 해준다. 지금 백현의 심안에는 굉장히 이질적이고, 인위적인 흐름이 보이고 있었다.

흐름은 쭉 이어져 있었다. 저 멀리, 동쪽의 어딘가로.

악몽의 결정자는 검무희를 두고서 신중하다고 평가했다. 심안을 적극 활용한다면 좁혀오는 포위망쯤은 금세 파악할 수 있을 거라고도 말했다.

한데 이 흐름은 뭔가? 검무희가 실수한 걸까.

"그럴 리가 없지."

동쪽으로 이어지는 인위적인 흐름을 눈치챌 수 있는 것은, 심안을 가진 백현뿐일 것이다.

백현은 헛웃음을 흘리며 멈췄던 몸을 움직였다.

무슨 뜻인지 알겠다. 헌터들을 굳이 죽이지 않은 것은 제 딴에는 요란을 떨고 싶지 않아서.

그럼에도 백현만이 알 수 있는 흐름을 남겨두었다. 검무희는 백현을 부르고 있었다.

'방해받고 싶지 않은 모양이지?'

피차일반이다.

백현은 흐름을 쫓아 가속했다.

검무희는 멍하니 서서 앞을 보았다.

아마, 이런 것을 보는 것은 처음이다. 하지만 자연스레 저게 무엇인지 알았다. 저건 '바다'다.

무엇인지는 알 수 있었지만, 바다에 대한 기억은 조금도 떠오르지 않았다.

어비스에는 바다가 없다. 어비스에 들어오기 전에 바다를 본 적이 없던 걸까. 나는 내륙에 살았나?

회상은 이어지지 않는다. 여태까지 한 번도 의식해서 떠올리려 한 적이 없던, 어비스에 들어오기 전의 기억. 검무희에게 그런 과거는 텅 비어 있었다.

'왜 한 번도 떠올리려 하지 않았던 걸까.'

떠올릴 이유가 없어서.

대답은 즉시 떠올랐다. 이전의 검무희에게 과거는 아무 의미도 갖고 있지 않았다. 이유도 알지 못하면서 혼돈의 근원을 탐색할 뿐. 오직 그것만이 검무희의 전부였다.

'우자'라는 이름을 떠올린 후로, 검무희는 자기 자신의 변했음을 알았다. 할 필요도 없는 과거를 떠올리고, 이유 모를 증오를 느낀다.

나는 검무희인데, 내가 꼭 내가 아닌 것만 같다. 나라는 존재가 대체 무엇인지 의문을 느끼면서 나는 그저 나라고 무조건적으로 믿으려 한다.

모르겠다. 검무희는 자신의 감정을 정의하지 못했다.

그녀는 백현을 죽이겠다는 생각으로 이 세상에 나왔다. 그가 바로 미혹을 전해준 근원이기 때문이다.

'알고 싶지 않은 거야.'

나는 오롯이 나여야만 했다. 과거 따위는 궁금하지 않았다.

검무희에게 있어서 '나'로서의 기억은 어비스에 들어온 후로 시작되었지만, 검무희는 그것이 싫지 않았다. 혼돈의 근원을 탐했던 이유는 스스로도 알 수 없었으나, 검무희가 '나'로서 살아 있었던 것은 그녀가 기억하고 있는 과거와 현재뿐이었다.

"그가 신경을 써준 모양이군요."

검무희는 조용히 입을 열었다.

"이 세상은 넓고, 어비스와 이어진…… 구멍이 많다고 들었습니다. 그 많은 구멍 중에서 당신과 가까운 곳으로 나온 것이 우연일 리는 없겠지요."

백현은 조금 떨어진 거리에서 검무희를 노려보고 있었다.

인위적인 흐름의 끝에는 역시 그녀가 있었다. 그 흐름은 실수 따위가 아니었다.

"당신이라면 알아볼 수 있을 길을 남겨두었지만, 오늘 바로 만나게 될 것이라고는 생각하지 못했습니다."

검무희는 천천히 고개를 돌렸다. 백현과 검무희의 시선이 맞닿았다.

그녀의 눈동자를 마주한 순간. 백현은 악몽의 결정자가 '불쾌하다'라고 평했던 것이 어떤 이유에서인지 알 수 있었다.

금속과 같은 은색의 눈동자는 그 빛깔이 아름다웠다. 하지만 섬뜩하기도 했다. 그저 마주 보고 있을 뿐인데도 이쪽의 모든 것이 그녀에게 해부되는 것만 같았다.

"당신은 나와 같은 눈을 갖고 있군요."

검무희가 중얼거렸다.

그녀의 눈이 몇 번 깜빡였다. 손아귀에 땀이 찬다.

"이곳에 왔다는 것도 그 증거가 되겠지만, 직접 보니 알겠습니다. 나와 맞닥뜨린 모든 신격이 내 눈을 두고서 불길하며, 대단하다고 말하곤 했었습니다. 그들에게조차 희귀한 이 눈은 결코 타고나는 것으로는 가질 수 없는 눈입니다. 일반적인 수행으로도 얻을 수 없겠지요."

땀에 젖은 손을 쥐었다 폈다. 등골이 시렸다. 타고 흐른 식은땀의 감촉이 불쾌하다. 머리가 욱신거린다.

심안과 심안이 마주 보았을 때. 그것은 예전에 겪어보았다. 선계를 떠나기 직전, 그때 간신히 심안을 떴고, 우자의 심안과 상대했다.

하지만. 그때의 백현은 정말로 우자와 심안을 겨루었는가?

그건 아니었다. 우자는 백현의 개안을 늦게 알아차렸고, 그 시점에서 이미 수행은 끝났다.

낯선 기분.

백현의 눈은 검무희를 보고 있다. 하지만 백현의 심안은…….

인중이 뜨끈했다. 언제 터졌는지 모를 코피가 줄줄 흐르고 있었다.

"확실히 알았습니다."

검무희가 천천히 고개를 끄덕거렸다.

"당신은 나와 같은 눈을 가지고 있으나, 내 눈만큼 밝지는 않습니다."

인정할 수밖에.

백현은 손등으로 인중을 거칠게 비벼 닦았다.

"그리 중요한 것은 아니지만. 하나 물어도 되겠습니까?"

"응."

검무희는 나를 알고 있다.

손을 한번 마주 잡은 것이 전부였는데. 어떻게 아는 걸까. 신경 써주었다고…… 그렇게도 말했다. 검무희가 바깥으로 나올 수 있었던 것에는 누군가의 조력이 있었다.

누군지는 뻔했다.

"당신은 나와 싸우기 위해 이곳에 온 겁니까?"
"네가 누구냐에 따라서."
"이상한 질문을 하시는군요. 나는 나입니다."
"넌 우자를 알고 있었어."
"나는 그 이름을 모릅니다."
가슴 깊은 곳에서 나는 울림을 무시했다. 검무희는 고개를 가로저으며 말을 이었다.
"그 이름이 나에게 전해주는 것은 불쾌한 미혹뿐입니다. 그래서 내가 여기에 있고, 당신과 마주하고 있는 겁니다. 나는…… 당신과 손이 닿으면서 우자라는, 누군지도 모를 이름을 떠올렸습니다. 그 이후로 느끼고 있는 미혹은 내게 있어서 거슬리고 불쾌하기만 합니다."
그래서 이곳에 왔다.
"이리 오시지요."
검무희가 천천히 몸을 돌렸다. 그녀는 조용히 날아올라 먼 바다로 향했다.
"싸우기에 적합한 곳이 아닙니다."
"……그건 아닌 것 같은데?"
백혁은 코안에 고인 코피를 흥 풀어냈다.
도발적으로 물어보았지만 검무희는 뒤를 돌아보지 않았다. 산새의 지저귐이 신경 쓰인다. 그리고 다른 것들도.

"나는 미혹을 베어내기 위해 온 것이지, 다른 것을 베기 위해 온 것이 아닙니다."

피해를 늘리고 싶지 않다는 말이다. 검무희는 대답을 듣지 않고서 먼바다를 향해 가속했다.

잠시 그녀의 등을 노려보던 백현도 검무희를 따라 속도를 올렸다.

'미혹?'

무슨 말을 하는 것인지 알 수 없었다.

우자의 이름을 말한 주제에 우자가 누군지 모른다니…… 거짓말을 하는 걸까? 대체 무슨 이유로?

도저히 납득이 되지 않았지만, 그거야 검무희를 몰아붙이고 나서 물어보면 될 일이다.

'……그게 가능하다면의 일이지만.'

백현은 괜히 목 언저리를 한 번 어루만졌다. 재수 없으면 오늘 죽을지도 모르겠다는 생각을 하면서.

묻고 싶지 않았다. 그러니 묻지 않는다.

검무희는 뒤를 돌아보지 않았다. 그럼에도 바로 뒤에 백현이 따라오고 있음을 알고 있었다.

우자라는 이름이 무언가에 대한 의문은 여전히 가슴 한편에 고여 있다. 하지만 의도적으로 외면했다.

알고 싶으면서, 알고 싶지 않았다. 백현과 대면하고 그에게서 우자의 이름을 들은 후, 검무희는 자신의 감정이 무엇인지 확실하게 알았다.

이건 두려움이었다. 내가 모르는 나를 알고 싶지 않았다. 저 이름을 들으면, 나는 내가 아니게 될 것 같았다.

드넓게 펼쳐진 바다의 위에 멈춘 검무희는 아래를 한번 보았다. 알고 있었지만 본 적이 없던 바다가 광활했다.

출렁거리는 잔파도를 잠시 응시하다가, 검무희는 고개를 돌려 백현을 보았다.

백현과 검무희 사이에는 여전한 거리가 존재했다. 백현이 경계하는 간극이었다. 쫓아오는 중에도 그 거리는 유지되어 좁혀지지 않았다.

파고들 틈이 없다. 뒤를 따라오며 계속해서 검무희의 틈을 살폈지만, 무방비한 이동 중에도 틈은 보이지 않았다.

도중에 한 번도 뒤를 돌아보지 않았음에도 섬뜩한 시선을 계속해서 느낄 수 있었다.

그녀는 분명 앞을 보고 있었으나, 심안은 백현을 단 한 번도 놓치지 않고 포착하고 있었다.

이건 어렵다.

많은 싸움을 해왔다. 쉬운 상대, 재밌는 상대, 어려운 상대. 그중에서 검무희는 어려운 상대였다.

어비스의 신격 중 가장 강한 것은 마룡왕이다. 아프라스나 다른 신격들은 항상 마룡왕의 힘을 칭송과 경계를 담아 백현에게 전해주었다. 백현에게 있어서 마룡왕은 재밌고 어려운 상대였다.

하지만 검무희는 조금 다르다. 그녀는 어렵고, 껄끄러웠다. 특히나 '같은 눈'을 가지고 있다는 것이 그녀를 더욱 어렵게 만들었다.

동시에 불쾌했다. 검무희가 말한 미혹. 알고 싶지 않다는 말. 굳이 어비스에서 나와 한국까지 온 것이나, 백현만이 알아보고 찾아올 수 있는 길을 남긴 것.

검무희는 백현과 만나기 위해 이곳에 온 것이다. 이번이 첫 대면이나, 검무희는 번거로운 방법까지 써가며 백현과 만나기 위해 나왔다.

그렇다면 그녀 역시 우자라는 이름을 신경 쓰고 있다는 것일 텐데. 정작 그녀는 우자에 대해 묻지 않는다.

"이곳이면 되겠습니다."

검무희가 입을 열었다.

"넓고, 아무것도 없군요. 저 아래의 바다…… 그 속에도 많은 것들이 살아가고 있겠지만. 아까보다는 나은 장소라 생각합니다. 당신은 어떻습니까?"

"아무래도 좋아."

백현은 머리가 욱신거리는 것을 느끼며 대답했다.

분노, 경멸…… 그따위 감정들이 다른 것들과 함께 뒤섞이고 있었다.

네가 우자의 이름을 알고 싶지 않다고 해도 나는 우자를 안다.

"만약에, 날 죽이게 된다면. 그 뒤에는 뭘 할 셈이냐?"

"생각하지 않았습니다."

검무희가 대답했다.

"당신을 죽이면…… 나를 어지럽히는 미혹이 사라질 것입니다. 그 뒤의 '나'는 지금의 나와 조금 다를 것 같습니다. 그러니, 나중의 일은 당신을 죽이고 나서 생각하려 합니다."

"나는 네 미혹을 몰라."

백현은 주먹을 쥐며 내뱉었다.

"네가 뭔지도 몰라. 하지만. 네가 우자의 이름을 불쾌히 여기고, 나와 같은 눈을 가지고 있다면. 그것만으로도 너와 싸워야 할 이유는 충분해."

힘든 상대.

"난 우자를 아니까."

심안의 겨룸은 필패(必敗). 그를 믿고 싸우는 것 역시 필패.

마룡왕 때와 똑같다. 아니, 다르다. 마룡왕은 싸우는 내내 백현에 대한 강렬한 살의를 내비친 적이 없었다.

검무희의 표정, 목소리. 살의가 묻어나오는 것은 하나도 없다. 그러나 백현은 검무희의 은밀한 살의를 느낄 수 있었다.

보이지 않는 수많은 검이 사방을 에워싸고 있는 것만 같았다. 몸이 시리다. 바다의 짠 내 섞인 바람에서 금속의 비린내가 나는 것만 같다.

"예."

고개를 끄덕거린 검무희가 허리에 손을 얹었다. 소리 없이 검이 뽑혔다.

"그거면 되었습니다."

검. 보이지 않는 검을 느꼈다. 백현은 반사적으로 위로 튀어 올랐다.

보이지 않는다. 소리도 들리지 않는다. 하지만, 심안을 통해 보이는 흐름이 갈기갈기 찢겨 있었다. 튀어 오르는 것이 조금만 늦었어도 백현은 무형의 참격에 갈려 버렸을 것이다.

'제종.'

내뿜어대는 흉기(凶氣)와 살기를 참격으로 휘두르던 제종의 검법이 연상되었다.

아니, 비교가 안 된다. 검무희의 공격은 덮치기 직전까지 감지할 수 없을 정도로 은밀했다.

감지라고 하는 것조차 우습다. 심안이 없었다면 피하지도 못했을 것이다. 검무희의 검은 백현이 보았던 그 어떤 검과 비교가 안 될 정도로 우월했다.

머리가 깨질 것 같았지만 심안을 감을 수가 없었다. 버티지 못하고 심안을 감은 순간 패배. 죽는다.

백현은 정신을 꽉 붙들고서 공중을 박찼다.

파지직!

검은 전류가 튀어 오르며 백현의 몸이 사라졌다.

검무희는 당황하지 않았다. 그녀는 백현의 질풍신뢰를 접해 본 적이 없었지만, 그녀의 심안은 보이지 않는 모든 것들을 본다.

그녀는 백현의 도약이 끝나기도 전에 도달점을 향해 검을 밀었다.

흐름이 꿰뚫렸다. 념체가 육체로 구성되는 순간, 백현은 기겁하며 몸을 비틀었다.

싸악!

섬뜩한 감각이 옆구리를 훑는다. 사린 흑의가 찢기고 백현의 옆구리에서 피가 튀었다.

전투가 시작되고서 이렇게 빨리 피가 흐른 적이 얼마 만이던가?

튀어 오른 핏방울이 추락하기도 전에 비튼 몸을 휙 회전하며 주먹을 내지른다. 공기가 터지며 무형의 권격이 검무희에게 쏘아졌다.

검무희는 제자리에서 움직이지 않았다. 그저 찌른 검을 옆으로 살짝 움직일 뿐이었다. 권격은 검무희에게 도달하지 못하고 베어졌다.

백현은 전신에 호신강기를 두르고 검무희에게 돌진했다. 디딜 땅은 없지만 드넓은 하늘이 백현의 발판이 되었다.

'의미가 있을지는 모르겠지만 해볼 수밖에.'

백현은 어지러운 보법을 밟으며 검무희와의 거리를 좁혔다. 무수히 많은 잔상이 만들어져 백현의 실체를 가렸다.

현혹되지 않는다. 눈동자를 굴릴 것도 없다. 심안이 허를 거르고 실을 보았다. 검무희의 검이 까딱 움직였다.

쐐아악!

잔상이 모조리 양단되었다. 뒤로 뛰어오른 백현의 가슴팍에 얇은 실선이 그어졌다. 피륙이 베어지지는 않았으나 흑의는 베어졌다.

"내 눈은 당신보다 밝습니다."

검무희가 중얼거렸다. 옆으로 그었던 검이 위로 오른다.

백현은 허리를 뒤로 젖히며 한 바퀴 돌았다. 스쳐 지나간 참격과의 간극이 아슬했다.

"당신은 빠르지만, 내 검보다 빠르지 않습니다. 단단하지도 않습니다. 그러니 베는 것이 어렵지 않습니다."

검무희의 검은 마룡왕의 비늘을 베기 힘들었다. 압도적인 신력을 몸에 두르고 덤벼오는 신격들을 상대로는 검 하나 휘두르는 것으로 상처를 주기가 힘들었다.

그들과 비교해 백현은 얼마나 무른가. 몸에 두른 강기는 참격 한 번으로 베어낼 수 있을 만큼 무르다. 어지간한 공격을 모조리 막아내던 백현의 호신강기는 검무희의 검 앞에서는 두부처럼 무를 뿐이다.

'생각해라.'

두근.

쇄혼이 펼쳐지며 백현의 몸이 각성되었다.

그는 부릅뜬 눈으로 검무희를 보며 앞으로 뛰었다. 시커먼 전류가 하늘을 달린다.

그제서야 검무희의 발이 움직였다. 심안이 전류의 방향을 좇는다.

더, 더.

백현은 념체를 가속시키며 검무희의 틈을 보았다.

보이지 않는다. 일단 억지로 뚫어본다.

근접거리에서 념체가 구성된 순간, 검무희가 기다렸다는 듯이 검을 찌른다.

백현은 크게 움직이지 않았다. 몸을 반쯤 기울여 치명상만 피했다. 복부를 파고든 검이 척추를 끊는다. 숨이 턱 막히고 몸의 감각이 일제히 꺼진다.

하지만 고통은 익숙했다. 움직이지 않는 몸에 기를 돌려 억지로 움직이게끔 했다. 부순다는 일념을 담은 주먹이 검무희에게 파고들었다.

검무희의 눈이 이채를 발했다.

푸확!

옆으로 그은 검이 백현의 몸을 찢었다. 몸이 반쯤 끊어졌다. 휘두르는 방향대로 검무희의 몸이 빙글 돌았다.

나부낀 머리카락이 흩어진다. 백현의 일권은 아슬하게 검무희의 머리카락을 스쳤다.

"당신."

목소리가 가깝다. 파라넥트의 거짓 불멸성이 끊어진 몸을 달라붙게 만든다.

백현은 뻗은 주먹을 접어 팔꿈치를 낫처럼 휘둘렀다. 검무희 몸이 아래로 쭉 내려간다. 발판 없는 하늘에서의 움직임은 사방(四方)에 그치지 않는다.

위아래. 예상했다.

백현의 발이 검무희의 머리를 걷어찼다.

"무르지만 튼튼하군요."

다리 아래가 싸했다. 힐긋 보니 무릎 아래가 보이지 않았다. 어느 틈에 베였는지 모르겠다. 피조차 튀지 않는다.

양 손목에서 은사가 풀려 나왔다. 수백 가닥의 은사가 검무희를 향해 쏟아졌다.

그 역시 베인다. 가닥가닥 끊어진 은사가 흩어진다. 하지만 담아 놓은 기가 백현의 명령을 수행했다.

파바박!

잘게 썰린 은사가 모조리 암기가 되어 검무희를 향해 쇄도했다.

우자에게서 천의무봉을 배울 때. 왜 당신이 선계 최강이 아니냐는 질문에, 우자는 자신의 부족함을 두고서 이렇게 답했다.

빠름, 괴력, 변칙.

심안을 압도하기 위해서는 심안의 소유자보다 빨라야 한다. 더 힘이 세야 한다. 심안으로도 즉각 파악할 수 없을 정도의 변칙을 섞어야 한다.

'그렇다면 쓸 수 있는 모든 것을 써보는 수밖에.'

덮쳐오는 암기를 두고서 검무희는 물러서지 않는다. 모조리 베어낼 자신이 있기 때문이다.

실제로 그랬다. 검무희가 검을 까딱거리자 모든 암기가 소멸했다. 그 너머에서 백현은 아라크네가 한 번에 풀어낼 수 있는 모든 은사를 풀었다. 양팔의 은사가 서로 엮였다.

그리고 크게 숨을 삼켰다.

"아아아-!"

엮인 은사가 손가락에 뜯기고, 공력을 가득 담은 외침이 하늘을 뒤흔들었다.

푸확!

바다가 쩍하고 갈라졌다.

광란귀곡의 파장이 전해지기도 전, 검무희의 검이 움직였다. 음공의 파장이 베여 사라졌다. 그녀는 소리를 베어낸 것이다.

"음공도 쓸 줄 아십니까?"

태연하게 묻는 질문에 낙담하지 않았다. 엮였던 은사가 풀어지고, 백현은 양팔을 크게 휘둘렀다.

휘두른 방향대로 함께 휘둘린 은사의 궤적이 어지럽게 섞인다. 백현은 그 한 번의 동작에 자신이 알고, 펼칠 수 있는 모든 검기를 담았다.

수백 가닥의 은사가 펼치는 다양한 검격에 검무희의 눈이 가늘어졌다. 검을 다루는 신격의 앞에서 검법을 펼치는 것은 인간이기에 가능한 오만함인가.

시종일관 느리게 움직였던 검무희의 검이 이번에는 다른 움직임을 실었다.

쐐아악!

한 번의 휘두름. 옆으로, 빠르게. 하지만 그 일참이 수많은 흐름을 만든다. 그건 압도될 만한 검기였다.

은사를 통해 펼쳤던 참격이 모조리 베어졌으나, 이번에도 낙담하지 않았다.

백현의 몸에서 솟구친 강기가 헤아릴 수 없을 정도로 많은 꽃잎이 된다. 나부끼는 꽃잎에 변칙의 극의가 담긴다. 그에 그치지 않고 양손 가득 강기를 모았다.

검화와 천혼광도가 동시에 펼쳐졌다. 검무희와 백현이 존재하는 공간이 검은색으로 뒤덮였다. 백현이 사용하는 강기가 모조리 검무희를 노렸다.

검무희는 그 압도적인 화력에 조금 놀랐다. 놀람일 뿐이지 당황은 아니다. 충분히 대처할 수 있었다.

검무희의 검이 휙, 휙 움직였다. 검은 세계가 찢겼다. 내력의 소모가 무색한 허무한 결말이었다.

하나 내공적인 소모는 크지 않다.

베어낸 강기가 다시 백현의 단전을 채운다. 또, 일련의 공격들이 무의미하지는 않았다.

'확실해.'

다시 인중이 뜨끈했다.

터져서 줄줄 흐르는 쌍코피가 입술을 넘어 턱까지 적신다. 그게 거슬려서, 백현은 코를 쥐어 잡고 옆으로 비틀어 버렸다. 뿌득 하는 소리와 함께 코뼈가 돌아갔다.

'베기만 하고 있어.'

처음부터 지금까지. 검무희의 검은 베어내는 것만 하고 있었다.

물론 검은 베어내고 찌르는 것을 목적으로 한 병기이니 당연한 것일 테지만. 검무희는 심안으로 파악한 공격과 그로 인한 흐름을 베어내는 것으로 대처하고 있었다.

'간섭과는 달라.'

심안이 저리다. 머리가 터질 것 같았다. 하지만 감을 생각은 없었다. 오히려 지금부터는 더 힘을 주어 떠야 한다. 흐름의 중심에서, 흐름에 간섭하는 것이 천의무봉이다.

우자가 천의무봉을 만든 것은 검령에게서 아내를 잃고 파멸당한 후. 아내를 기리며, 죽고 싶어도 죽을 수 없는 삶을 살아가며 광적인 집착과 노력으로 만든 것이 천의무봉이다.

'그래.'

백현은 검무희를 둘러싼 섬뜩한 흐름을 향해 발을 들이밀었다.

'확인했어.'

검무희는 천의무봉을 모른다.

2장
춤사위

무턱대고 다가오는 것으로밖에 보이지 않아 검무희는 눈썹을 살짝 올리고서 백현을 응시했다.

그는 놀라울 정도로 강했지만, 크게 어렵지는 않은 상대였다. 똑같은 심안을 가지고 있다지만 그 수준의 차이는 현격했고, 지닌 재주가 다양하기는 했으나 검무희를 위협할 정도는 아니었다.

그저 다가올 뿐인 저 행동의 의미를 모르겠다.

승기는 이미 검무희에게 기울어 있었으나, 그녀는 마음을 놓지 않았다. 벌써부터 싸움을 포기하고 목을 내놓기 위해 온 것일 리는 없으니, 저 행동에도 무언가 의미가 있을 것이다.

천천히 세운 검을 백현에게 겨누었다. 양팔을 느슨히 내리고 다가오는 백현은 빈틈투성이다.

이쪽의 공격을 의도하는 걸까. 무언가 반격을 준비하고 있나? 아직 하지 않은 백현의 대응법에 대해 생각하며, 검무희는 검을 움직였다. 무슨 꿍꿍이든 간에, 검무희는 백현의 접근을 불허했다.

백현은 계속해서 집중하고 있었다. 머리의 욱신거림을 견디면서, 터질 것처럼 뛰는 심장 박동을 귀 너머로 보냈다.

집중에 집중을 더하니 시간이 쭉 늘어지는 것처럼 느껴졌다. 손끝의 작은 떨림이 몸 전체로 번져 나가고, 보이는 모든 것이 순간이나마 느려져서…….

'지금.'

눈으로 보이지 않는 참격이 흐름을 베어내며 들어온다. 너무 늦거나 빠르면 안 된다.

참격이 닿기 직전에, 백현의 손이 움직였다. 뻗은 손이 흐름과 닿고 손등의 털이 바짝 곤두선다.

백현은 손목을 반바퀴 꺾었다. 베어오는 참격과 손바닥이 닿는다.

그 순간, 늦거나 빠르지 않은 정확한 순간에 천의무봉이 펼쳐졌다.

"……?"

검무희의 눈이 동그랗게 떠졌다. 튀어 오른 핏방울이 비처럼 떨어졌다.

백현은 가만히 서서 팔을 앞으로 내밀고 있었다. 손바닥과 팔뚝에서 피가 뚝뚝 흐른다.

베었지만, 얕다. 검무희가 의도했던 것보다 너무 얕다.

얇게 베인 상처가 금세 달라붙는다. 섬뜩함에 곤두섰던 털이 뜨거운 피에 가라앉는다.

타이밍은 정확했다. 단지, 천의무봉의 조예가 부족했다. 우자의 경고대로다. 너무 거센 흐름은 간섭하기도 전에 이쪽을 삼켜 버린다.

하지만 흐름에 간섭하는 것은 성공했다. 팔이 베이긴 했지만, 의도했던 대로 검무희의 공격을 흘려낼 수 있었다.

"……방금 뭘 한 겁니까?"

크게 떴던 눈이 가늘어진 검무희가 경계 섞인 시선으로 백현을 보며 물었다.

백현은 뻗은 팔을 휙휙 털기만 할 뿐 대답해 주지 않았다. 그리고 더 앞으로 나아갔다.

검무희는 방금 전 백현이 펼친 수법을 이해하지 못했다. 그가 무엇을 한 것인지는 보았기에 알았지만, '어떻게' 해낸 것인지는 알 수 없었다.

검무희는 다시 한번 검을 움직였다. 그리 펼쳐낸 참격에는 확실한 살의가 실려 있었다.

타이밍은 학습했다. 긴장과 집중은 여전했지만, 처음보다는 덜하다. 이미 학습했기 때문이다.

고작 한 번이지만 뻗는 팔의 타이밍은 여러 번 거듭해 만들어진 습관처럼 익숙했다.

휙 뻗은 팔이 첫 참격의 흐름에 간섭한다. 첫 번째와 두 번째, 참격이 겹쳐져 있지만 상관없다.

간섭한 흐름을 밀어내고 두 번째 참격을 상쇄하면서 전진, 움직인 손가락을 흐름에 걸친다. 그리고 그것을 당겨 참격의 방향을 바꾸었다.

백현의 머리카락이 나부꼈다. 머리카락의 끄트머리가 잘려 흩어졌다.

이번에도 피가 조금 튀었지만, 대단치 않은 경상에 그쳤다. 그렇게 백현은 또다시 타이밍을 학습하고, 보완했다.

'뭐지?'

검무희의 눈이 떨렸다.

아예 보이지 않는다면 모를까, 보고 있기에 더욱 믿을 수가 없었다.

'어떻게 저런 식으로 흐름에 간섭할 수 있단 말인가?'

검무희가 당황할 때, 백현은 가속했다.

갑자기 빨라진 백현의 속도에 검무희는 일단 뒤로 물러섰다. 아직 위협감을 느낄 정도는 아니었지만, 저 알 수 없는 수법은 경계해야 마땅했다.

뒤로 이동한 검무희가 검을 휘둘렀다. 백현은 마주 상대하는 대신에 질풍신뢰를 펼쳤다.

검은 전류가 튀긴 순간, 검무희는 홱 몸을 비틀었다.

육체를 구성한 백현은 덮치는 참격들을 천의무봉으로 흘려내면서 다시 한번 질풍신뢰를 펼쳤다.

이번에는 반응이 조금 늦었다. 눈이 너무 밝은 탓이었다. 천의무봉으로 얽힌 흐름이 검무희의 심안을 잠깐이나마 어지럽혔다.

그 순간에 백현은 검무희의 등 뒤에서 튀어나왔다. 뒤늦게 등 뒤의 공격을 눈치챈 검무희가 몸을 돌렸다. 아주 늦지는 않았다.

백현이 뻗은 손이 검무희가 급히 뻗은 왼손과 맞닿았다.

쿠우웅!

서로의 손바닥이 충돌하며 공간이 쩌렁쩌렁 울렸다. 양쪽의 힘이 서로 상쇄된 탓에 서로가 전해 받은 충격은 많지 않다.

'확실히.'

다른 신격들에게 몇 번이나 들었던 대로다. 검무희의 힘은 그리 대단하지 않았다. 만약 이렇게 충돌한 것이 마룡왕이었다면, 이쪽의 힘이 밀려 팔이 터지고 내상을 입었을 것이다.

그렇다면 더 적극적으로 해도 될 것이다.

아직까지 닿아 있는 손이 살짝 떨어졌다. 백현은 뻗은 손에 내력을 가득 밀어 넣으며 검무희의 손을 잡으려 들었다.

물론 검무희는 호락호락 잡히지 않았다. 그녀 역시 눈살을 찌푸리며 손을 움직였다. 서로의 손이 잡고 비틀고 빠져나갔다.

그것을 그만둔 것은 백현이었다. 그의 손바닥 앞에서 검은 빛이 일렁거렸다.

갑작스레 부푼 빛에서 어둠이 뿜어졌다. 검무희는 그 어둠을 수도로 베어내며 기이한 감정을 느꼈다. 왠지 모르게 이 힘을 겪어본 적이 있는 것 같았다.

그 생각을 오랫동안 붙잡지는 않았다. 그럴 겨를도 없거니와, 만난 것도 이번이 처음이다. 아마 같은 심안을 가지고 있어 낯설지 않다 느끼는 것이리라.

빛이 흩어진다. 이번에는 늦지 않았다. 검무희는 시야 밖에서 접근하는 공격을 감지하고 검을 꽉 쥐었다.

그녀는 아직까지 백현의 수법을 이해하지 못했지만, 그렇다고 해서 궁지에 몰리지는 않았다. 과거를 모른다고 해도 그녀는 많은 신격과 어비스에서 겨룬 강자였다.

공세가 바뀐다. 일정 거리를 두고 접근을 차단하며 참격을 날려대던 것과는 전혀 다르다.

날카로운 검기가 백현의 움직임을 가로막았다.

백현은 급히 양손을 뻗어 천의무봉을 펼쳤다. 흘려낼 수 있는 것은 흘려내고, 조금 늦은 것은 직접 몸을 움직여 피한다.

그렇게 거리를 좁혀가는데 검무희의 대응은 아까와는 달랐다. 좀처럼 허락하지 않던 거리감이 급격히 줄어든다.

그를 의도하는 것은 검무희였다. 그녀는 아까와는 다르게, 직접 움직여 백현과의 거리를 좁혔다.

그리고 검이 움직인다. 휘둘러 베거나 찌르는 식의 단조로운 기법만 선보였던 검무희지만, 바뀐 공세만큼이나 그녀의 검도 달라졌다.

백현은 헉하고 숨을 삼키며 급히 양손을 움직였다. 나름 즉시 반응한 것인데도 늦었다. 양팔이 갈기갈기 찢기며 피가 뿜어졌다. 피 보라 너머에서 검무희의 눈이 예리해졌다.

백현은 물러서지 않고 허리를 비틀었다. 높이 찬 발길질과 검무희의 검이 부딪쳤다. 호신강기를 두껍게 둘렀는데도 다리가 잘린다.

잘리게 두고서 몸을 회전했다. 그사이에 재생한 오른손이 검무희의 배를 훑었다.

닿지 않는다. 살짝 뺀 몸, 거리가 부족했다.

빠악!

묵직한 소리 뒤에 백현의 몸이 기울어졌다. 검의 손잡이가 백현의 어깨를 으스러뜨렸다.

백현은 이를 악물고서 반대쪽 손을 주먹으로 쥐었다. 연이어 뻗은 주먹이 허공을 격타했다.

그 공격에는 거리가 무의미했다. 공간을 일그러뜨리며 나아간 권격이 검무희를 노린다.

검무희의 손이 살짝 아래로 내려왔다. 아무것도 쥐지 않았던 왼손. 어느새 그곳에는 짤막한 단검이 쥐어져 있었다.

단검이 은광을 내뿜었다. 권격이 모조리 베어지고 주먹에 붉은 실선이 그어졌다. 빼는 것이 늦었다면 주먹까지 썰렸을 것이다.

천 길 낭떠러지 위에서 외줄 타기를 하는 기분이었다. 작은 실수가 곧 죽음으로 이어진다. 아니, 이미 죽었으려나.

파라넥트가 없었으면 진즉에 죽었을 것이라는 사실은 두려움이 아닌 흥분이 되었다.

백현은 두 귀에 매단 피어스를 의식했다. 도원으로 끌어들인다면……. 아니, 검무희를 상대로 도원에서 싸움을 벌이는 것은 자살행위다. 그곳은 심안을 사용하는 것의 이점에 집중된 공간이다. 백현도 유리해지만, 검무희도 그럴 것이다. 오히려 도원에서의 싸움에서 검무희는 백현보다 더한 이점을 가질 것이다.

살령은?

'……아직.'

살령을 사용해야 할 정도로 몰린 것은 아니다. 최후의 수단이라 생각하는 만큼, 살령을 사용하는 순간은 정말 잘 골라야 했다.

특히나 살령은 거의 무조건 상대와 동귀어진하게 해주는 물건이다. 살령에 대한 대처로서 파라넥트와 하블을 두르고 있긴 하지만, 저 두 아티펙트가 과연 살령이 불러오는 인과율의 폭풍을 감당해 줄 수 있을지는 써봐야 아는 것이다.

아직 검무희에게 살령을 써야 할 정도로 몰리지는 않았다. 계속해서 상처가 생기고 피가 흐르지만, 누적되는 일은 없다.

파라넥트의 거짓 불멸성에는 아직 많은 여유가 있었다. 내공도 마찬가지다. 압도적인 화력으로 몰아붙인다면 내공이 금세 고갈되겠지만, 검무희는 그런 타입의 상대가 아니었다.

그렇다고 까다롭지 않다는 것은 아니다.

쉬지 않고 휘두르는 칼질이 공간을 장악한다. 그에 맞춰서 백현도 속도를 더 올렸다.

생각하는 머리와 안구가 터질 것 같다. 몇 수 앞을 보려 해도 검무희의 검법은 너무나 다채로웠다.

거리가 너무 가깝다. 이 거리에서 크게 불리함을 느낀 적은 많지 않은데, 지금은 아니었다. 주먹이 오가는 거리인데 오히려 검무희가 백현을 압도하려 들었다.

저만큼 긴 칼을 휘둘러 대니 파고드는 것이 쉽지 않다. 기껏 파고들어도 왼손의 단검이 기다렸다는 듯이 찌르고 베어오니, 이쪽의 움직임이 제약된다.

그뿐만이 아니다. 검의 길이는 실에 가까운 허였다. 마음먹고자 한다면 그녀의 참격은 검의 길이와 상관없이 백현을 노린다. 검무희는 실체인 검과 참격을 적절히 사용해 가며 백현을 공격하고 있었다.

우자에 비롯된 살의를 떠나, 백현은 검무희의 기교에 감탄했다. 저만큼이나 칼을 잘 다루는 상대는 처음이다.

이전에 싸웠던 자 중에 손에 꼽을 만한 검수로는 제종과 우자가 있겠지만, 검무희의 검은 그들보다 몇 걸음이나 앞서 있는 듯했다.

고수하던 근접전에서 조금 거리를 둔다. 쓸 줄 아는 것은 주먹질과 발길질뿐만이 아니다.

백현의 몸이 확 하고 아래로 떨어졌다. 전장은 하늘과 바다. 어디든지 갈 수 있을 정도로 넓다.

검무희는 갑자기 아래로 떨어진 백현을 쫓았다. 그녀가 휘두른 검이 닿기 전, 백현의 몸이 검은 전류에 삼켜졌다. 그리고.

꽈지직!

질풍신뢰의 잔여가 꿈틀거리더니 뇌광을 뿜어댔다.

그것을 베어내고 백현을 다시 쫓는다. 그는 저만치 멀어져서 해수면 위를 날고 있었다.

검무희는 아랫입술을 잘근 씹으며 높이 검을 들었다. 서슬

퍼런 은광이 검신을 뒤덮었다.

쩌어억!

내리그은 검이 바다를 양단했다. 등 뒤에서의 저릿함에 급히 몸을 비틀어 참격의 궤적에서 벗어났다.

갈라진 바다가 잠시 동안 달라붙지 않고 있었다. 집중한 눈동자에서, 물방울 하나하나가 수백 수천으로 쪼개지며 증발하는 것이 보였다.

그것을 본 순간, 백현은 급히 위로 치솟았다.

솟구쳐 오른 참격들이 하늘을 찢었다. 백현은 공중에서 몸을 뒤집어 양손에 강기를 모았다. 투명한 검은빛으로 일렁거리는 강기의 색이 완전한 검정이 되었다.

내뿜은 강기가 공간을 뒤덮었다. 백현을 향해 돌진하던 검무희는 덮쳐오는 어둠을 피하지 않았다. 오히려 더욱 가속했다. 검에서 뿌려진 은광이 어둠을 양단했다.

갈라진 어둠이 흩어지기 전이다. 뒤덮은 어둠에서 무언가가 빠르게 흘러 지나갔다.

검무희의 심안이 어지러운 흐름 속에서 이질적인 움직임을 보았다. 검무희는 주저하지 않고 그곳에 검을 휘둘렀다.

다리. 그건 다리였다. 참격에 걸려 수백 조각으로 쪼개진 다리가 아래로 떨어진다.

그것을 본 검무희의 눈에 당황이 어렸다.

"이건 꽤 잘 먹힌단 말이야."

중얼거림이 들렸다. 검무희는 홱 고개를 돌렸다. 눈에 띄게 창백한 얼굴의 백현이 뒤에 있었다.

검무희는 그의 왼쪽 다리가 없는 것을 보았다. 검에 베인 상처가 아니었다.

질풍신뢰의 요령은 념체를 구성하고, 의념지기로 공간을 비틀어 연 뒤에, 념체가 향한 곳에 육체를 보내는 것이다.

마황은 질풍신뢰를 가르치면서, 절대로 저 순서를 무시하면 안 된다고 했다. 자칫 잘못하면 공간의 틈에 빠져 몸이 박살 나거나, 병신이 될 것이라면서.

어지간한 배짱이 아니고서는 할 수 없는 응용이다. 마황조차도 이런 식으로 질풍신뢰를 사용한 적은 없었다.

거짓 불멸성을 가지고 있기에 써먹을 수 있는 눈속임이다. 이와 다른 식이기는 하지만, 질풍신뢰를 사용한 눈속임은 마룡왕에게도 먹혔었다.

검무희도 똑같았다. 질풍신뢰의 흐름을 볼 수 있는 그녀이기에 더 큰 효과가 있었다.

다리. 다리만, 질풍신뢰로 저 너머로 보냈다. 덕분에 다리 하나가 잘려 버렸지만, 그거야 거짓 불멸성으로 회복하면 된다. 특히나 지금은 두 발로 땅을 딛고 싸우는 것도 아니다.

물론 다리 하나만 잘린 것에 그치지 않았다. 정상적으로 질풍신뢰를 펼치지 않은 탓인지 속이 메스껍고 머리가 아팠다. 이런 상황이 아니라면 두 번 다시 쓰고 싶지 않았다.

그렇지만, 무리해서 펼친 것에 의미는 있었다. 검보다 빠르게, 백현은 검무희의 몸에 손을 뻗을 수 있었다. 명치에 살짝 닿았다.

쿠우웅!

요란한 폭발은 없었다. 충격은 흩어지지 않고 검무희의 몸 안으로 전해졌다. 검무희의 입에서 울컥하고 검은 피가 뿜어졌다.

물러서지 않으려 버틴 다리가 후들거렸지만, 백현은 기회를 놓치지 않고 주먹을 기역 자로 꺾어 검무희의 턱에 휘둘렀다.

'이겼다.'

어쩌면 조금 이를지 모르지만, 승리를 확신했다.

상대는 불멸성을 갖춘 신격이 아니다. 방금의 공격으로 흐름을 완전히 바꾸었다. 단단하지 않은 검무희에게 있어서 방금의 공격은 치명적이었다.

이건 여태껏 어긋난 적 없는, 백현이 자신하는 필승 패턴이었다. 의념을 더한 내가중수법으로 몸 안을 파괴하고, 상대가 그를 재생하기 전에 연타를 거듭해 몰아붙인다. 그것이 끝났을 때, 상대는 죽거나 전투 불능이 된다.

아직 주먹이 닿지 않았지만, 아주 조금의 시간이 흐른 뒤에 다를 것 없는 승리가 완성될 것이다.

하지만 검무희를 죽여서는 안 된다. 그녀의 정신을 완전히 꺾어놓은 뒤에 네가 대체 누구냐고. 우자를 어찌 아느냐고. 우자를 기억하느냐고. 검령인 너는 죄책감을 잊었느냐 물어야 했다.

그렇다고 해서 주먹을 느슨히 뻗지는 않았다.

'왜 이리…… 늦지?'

주먹을 휘두르는데. 느릿느릿, 나아가고 있을 뿐.

'뭐야?'

[……가 눈을 뜹니다.]

오랜만의 목소리.

……늦다. 시간이 흐르는 것이 이상할 정도로 느리게 느껴졌다. 너무 집중한 탓인가? 아니, 그렇다고는 해도. 뻗은 주먹은 느리게, 계속 나아가고 있다.

[……가 경고합니다.]

'대체 뭘?'

눈동자를 굴린다. 모든 것이 느린 만큼, 보는 것도 느리다.

심안…….

보였다. 벌어진 입에서 검게 죽은 피를 줄줄 흘리는 검무희의 눈은, 이상하리만치 고요했다.

몸이 갈기갈기 찢겼다. 검무희의 몸에서 튀어나온 구불구불한 칼날의 수는 헤아릴 수 없었다. 쭈욱 뻗어진 칼날의 틈바구니에서 백현은 비명과 함께 호흡을 삼켰다.

썰려 나가는 팔다리가 보였다. 깊게 베인 옆구리에서 장기가 튀어나오고, 그것마저 썰리고 있었다. 본능적으로 심장과 머리를 보호했다. 그것만을 목적으로 몸을 움직였다. 더딘 재생력에 박차를 가했다.

몸에서 칼날을 토해낸 검무희가 비틀거리며 뒤로 물러선다. 금속이 가득 채운 거리에서 칼날이 가루가 되어 사라진다.

검무희는 고개를 반쯤 숙이고서 양손을 들었다. 그리 길지 않은 검. 팔뚝만 한 길이의 검 두 자루를 양손에 나눠 쥐었다.

숙이고 있던 고개가 들리고 시선을 마주친다.

백현은 입안 가득 찬 핏물을 삼켰다. 피비린내를 훅 내뱉으며 뛰어들었다.

검무희는 양손에 검을 들고, 마중하듯 앞으로 나온다. 처음은 느리게, 몸 전체와 함께 팔을 둥글게 휘두른다. 검이 섬뜩한 원을 그렸다.

어느 순간 속도가 가속되면서 백현은 더 이상 검로를 볼 수 없게 되었다. 몇 수 앞을 먼저 본다는 생각을 버렸다. 지금 상황에서 그것은 오만이었다.

살령의 사용까지 염두에 두었다. 심안을 유지하는 것이 벅찼다. 원에서 시작된 검이 백현이 느끼는 모든 흐름을 뒤덮는다.

우자가 세상의 중심에 선 것인지, 세상이 우자를 중심으로 펼쳐진 것인지.

굳이 말하자면 우자가 세상의 중심에 가까이 가는 것이지.

폭포 앞에서 우자를 대면했을 때의 대화.

'……멀어.'

세상이 멀다. 이렇게나 멀었나. 중심에 서기 위해 억지로 들이민 발. '검'이 오지 말라고 막는다.

'왜' 우자와의 대화가 떠올랐는지, 알았다.

원에서 시작된 끊이지 않고 이어지는 두 자루의 검은 거대한 흐름 자체였다. 섬뜩하고 파괴적이지만 더할 나위 없이 아름다운 춤사위처럼 느껴지기도 했다.

그래. 우자가 떠오른 이유.

우자를 모른다는 그녀의 검무(劍舞)는 우자와 너무나도 닮아 있었다. 틈 없이 완전무결한. 우자가 추구하던 극의.

'……아니, 조금은 달라.'

주먹이 베어지는 것이 보인다.

검무희는 여전히 춤을 추고 있다. 그녀의 검은 흐름을 간섭하지 않고 베어낸다.

검무희는 천의무봉을 모른다. 하지만 그녀의 검무는, 우자가 추구하던 천의무봉과 너무나도 닮았다. 검로 자체가 닮아 있었다.

"……당신은 대체…… 누구지?"

백현은 멍한 목소리로 물었다. 끔찍한 예감이 머릿속에 번져 나가고 있다.

핏.

베인 살갗이 갈라지고 피가 뿜어진다.

백현은 즉시 손을 올려 피가 더 흐르지 않도록 막았다.

"……누구……."

목이 반쯤 베였다. 말하는 것이 힘들다. 호흡이 안 되고 머리가 뿌옇다. 조각조각 흩어지는 의식이 끔찍한 상상을 계속하고 있었다.

우자의 천의무봉과 너무 닮은 검로. 우자에게 검을 가르친 것은 검령. 하지만 우자가 완성하고자 했던 천의무봉은.

검무희는 우두커니 서서 백현을 보다가, 손을 들어 자신의 얼굴을 어루만졌다.

왠지 모르게 눈물이 흐른다는 느낌이 들었는데, 단순히 착각이었나 보다. 눈물은 조금도 흐르지 않고 있었다.

"……난……."

몇 번이나 들었던 질문. 무시해야 마땅한 그 질문에 자신도 모르게 입을 열었다.

하지만 끝까지 말하지 않고 입을 다문다. 저 질문에 무어라 답하려 했는지 기억이 나지 않았다.

상처가 깊다. 특히 목의 상처. 천천히 아물고 있지만, 아직까지는 손으로 밀면 떨어질 정도다. 목뼈가 덜렁거리는 것이 기분 나쁘다.

방금 전은 진짜로 죽음에 근접했었다. 죽음이야 도원경에서 질리도록 겪어보았지만, 도원경을 나와서 이렇게까지 죽음에 근접했던 적은 처음이다.

물론 근접했을 뿐이다. 죽지 않았다. 지금의 백현은 분명히 살아 있다.

'파라넥트 덕을 많이 보는군.'

백현은 목덜미를 잡은 손을 꽉 쥐었다. 피야 당연히 뜨거운 것이지만, 지금은 평소보다 훨씬 더, 손이 델 정도로 뜨겁게 느껴졌다.

기분 때문일 것이다. 머릿속을 채우고 있는 생각이 끔찍해서, 제발 그것이 아니기를 바라고 있다.

"……난……."

검무희는 멍한 눈으로 입술을 벌렸다가, 닫는 것을 반복했다. 누구냐는 질문에 뭐라고 대답하려 했는지, 도저히 기억이 나지 않는다.

서로가 그렇게 대치하고 섰다.

백현은 목덜미를 손으로 주물렀다. 상처는 아직도 아물어 가고 있다. 목의 상처는 이상하리만치 재생력이 늦었다. 그만큼 치명적이라서일까. 하긴, 조금만 목을 빼는 것이 늦었더라면. 반만 썰리는 것이 아니라 아예 잘려 버렸을 테니.

검무(劍舞).

백현을 죽음 직전까지 몰아간, 그 춤을 떠올려 본다.

워낙에 다급해서 제대로 보지 못했다. 하지만 전해 받은 감상은 틀림없었다. 두 자루의 검으로 펼친 검무는, 천의무봉을 쓰던 우자의 손짓과 너무나도 닮아 있었다.

우자는 검을 쓰지 않는다. 하지만 그는 틀림없는 검수였다. 검을 쥐지 않은 맨손을 움직일 때도, 그의 손짓은 확연한 검로를 따르고 있었다.

평생 검 한 번 쥐어본 적이 없던, 장군의 성욕이나 처리하던 소년병이었던 우자는 검릉에서 얻은 검에게서 검을 배웠다. 우자에게 심안을 가르친 것 역시 검령이다.

하지만 천의무봉은 검령에게서 배운 기술이 아니다. 우자가 천의무봉을 만들어낸 것은, 검령에게 조종당한 아내를 막지 못했다는 죄책감 때문이다.

이길 수는 없더라도 절대 지지 않는. 그런 광적인 집착이 우자로 하여금 천의무봉을 창안하게 만들었다. 그 무공의 이름이 천의무봉인 것도 잃어버린 아내를 기리기 위해서다.

우자는 아내의 검을 아름답다고 말했다. 그녀가 검을 휘두르는 모습은 마치 춤을 추는 것 같았고, 파고들 틈 없이 완성되어 그녀의 별호가 바로 천의무봉이라고도 했었다.

우자에게 검을 가르친 것은 검령이었지만, 우자는 아내를 위해 천의무봉을 만들었다. 손으로 펼치는 천의무봉의 검로는 아내의 검무에서 따온 것이다.

왜 검무희의 검을 보고서 춤이라 생각했는지. 왜 그것에서 천의무봉을 펼치던 우자를 생각했는지.

"……난 나입니다."

긴 침묵 끝에 검무희가 중얼거렸다. 그녀는 가늘게 떨리는 눈으로 백현을 응시했다.

아까도 들었던 말이다.

백현은 목덜미를 감싸 쥔 손을 떼었다. 이제야 상처가 아물었다.

"그래."

잘 붙었나 확인 삼아, 고개를 끄덕거렸다. 조금 아릿한 느낌이 들기는 했지만, 목은 확실히 붙어 있었다.

"나는 나지. 그게 당연한 거야. 하지만 난 그 당연한 대답을 듣기 위해 묻고 있는 것이 아니야. 당신은 대체 누구지? 검무희, 알아. 그건 당신의 신명이지."

검무희는 아랫입술을 잘근 씹었다. 더 듣고 싶지 않았다.

"그 신명을 얻기 전에 당신은 누구였지? 왜 어비스에 온 거야? 어비스에 오기 전에, 당신은 어디에 있었지?"

모른다.

어비스 이전의 기억은 거대한 공백으로 남아 있다. 미혹에 빠지기 전까지는 과거를 의식하려고 하지 않았다. 이유도 알 수 없이 혼돈의 근원을 무조건적으로 탐했을 뿐이다.

"……나는 모릅니다. 그것이 중요하다고도 생각하지 않아요."

검무희가 떨리는 목소리로 대답했다.

"나는 검무희고, 그것으로 충분합니다. 그 이상 궁금하지도 않습니다."

"모르니까 알고 싶다고 생각하진 않아? 있어야 할 과거를 모른다는 것은 꺼림칙하잖아."

"그리 생각하지 않습니다."

"나는 당신을 알아."

중얼거리는 것처럼 작은 목소리다. 검무희는 흠칫 어깨를 떨며 백현을 응시했다.

"직접 만나본 적은 없어도, 나는…… 당신을 알아, 아니, 사실은 정말 내가 아는 것이 당신인지는 모르겠어."

만약 그런 것이라면.

"솔직히 당신이 내가 아는 것과 다른 존재면 좋겠어."

왜 이렇게 되어버린 걸까.

"말하지 마십시오."

내뱉은 목소리가 백현이 하고자 하는 말을 가로막았다.

"아니기를 바란다면 애초에 말하지 마십시오. 나는 당신의 말을 듣고 싶지 않습니다. 나를 당신의 앎에 맞추지 마십시오."

검무희는 그렇게 말하며 양손을 들었다. 손에 쥔 검을 빙글 돌려 백현을 향해 검 끝을 겨누었다.

"당신은 나를 죽이고 싶어 했습니다. 그 살의가 왜 무뎌진 것인지, 나는 알고 싶지 않습니다. 당신이 나를 죽이려 하지 않는다면 계속 그러고 계십시오. 내 살의는 당신과 달리 무뎌지지 않았으니까."

알 수 없는 감정을 떨쳐내고자 강하게 내뱉었다. 그를 증명이라도 하듯이 검에 살기가 어렸다.

검무희가 발하는 강렬한 살의를 앞에 두고서도, 백현은 우두커니 서 있었다.

"천의무봉."

백현의 입이 열렸다. 다가가기 위해 뻗던 검무희의 발이 그대로 정지했다.

"당신도 아까 전에 보았겠지. 내가 사용하는 '이상한' 수법. 그게 바로 천의무봉이야. 심안을 통해 보는 흐름을 베어내는 당신과는 달리, 천의무봉은 흐름에 완전히 간섭한다. 베어내고, 뭉개고, 흘려내고. 난 이걸 우자에게 배웠다."

"그만……."

"우자는 내가 만나본 무인 중에서 특히나 위대한 인물이었어. 그가 내게 가르쳐 준 천의무봉은……."

"그만하십시오."

"당신은 모순덩어리야."

백현은 눈을 찡그리며 내뱉었다. '모순'이라는 말에 검무희가 벌렸던 입을 다물었다.

"내가 떠드는 것을 막고 싶으면 와서 날 죽여. 그 검으로 내 목을 베어버리라고. 할 수 있잖아? 아, 그래. 이것부터 인정해야겠네. 지금의 난 절대로 당신을 이길 수 없어."

그건 확실했다.

검무를 펼치던 때의 검무희는 지금의 백현으로서는 절대로 이길 수 없는 상대였다. 아무리 거짓 불멸성에 기대한다고 해도 결국은 죽는다. 그 결과는 바뀌지 않는다.

살령을 쓴다면?

검무희를 죽일 수 있을 것이다. 그리고 백현도 죽는다.

'내가 죽는 것쯤이야.'

문제는 이것이다. 백현은 검무희를 죽일 수 없었다.

"정말 듣고 싶지 않다면 와서 날 죽이면 된다고. 살의가 무뎌지지 않았다고 말했으면서, 지금 당신은 왜 아무것도 하지 않는 거지?"

"그건……."

"우자는 천의무봉을 죽은 아내를 위해 만들었다."

검무희의 얘기를 듣지 않았다. 백현은 그녀를 노려보면서 빠르게 내뱉었다.

"내 살의가 왜 무뎌진 것이냐고? 그건 당신이 우자의 천의무봉과 너무 닮았기 때문이야. 말도 안 된다고 생각하고, 제발 아니기를 바라지만. 당신이 나를 죽이려 했던 검무는 우자의 천의무봉과 너무 닮아 있었어."

듣고 싶지 않다.

그건 사실이다. 검무희는 자신이 모르는 과거 따위 알고 싶지 않았다. 나일 뿐인 내가, 과거를 알게 됨으로써 전혀 다른 내가 되어버리는 것이 두렵다.

그렇다면 백현의 말대로 검을 휘두르면 된다. 그것으로 모두 끝낼 수 있다.

모순이라던 지적대로였다. 듣고 싶지 않고, 죽이고 싶은데. 듣고 싶다. 살의는 여전한데 몸이 움직이지 않는다. 하나의 몸뚱이에 내가 아닌 다른 내가 있는 것 같았다. 과거를 궁금해하는 나와, 나일 뿐인 나.

아니, 두 개가 끝인가? 살의를 발하는 나는 어느 쪽이지?

"정말 아무것도 몰라?"

세운 검이 움직이지 않는다. 여전한 살의 속에서 검은 시린 은빛을 내뿜고 있었다.

팔뚝 근육이 경련하듯 떨리는 것이 보인다. 당장에라도 검을 휘두르고 싶어 안달하는 것 같다.

하지만 얼굴은.

있던 머리를 잘라내고 마치 다른 머리를 붙여놓은 것만 같다. 그렇게 느껴질 정도로 부자연스럽다.

당장에라도 날뛰며 검을 휘두르고 싶어 하는 몸을 통제하는 것은 저 머리인가?

'감정이 따로 놀고 있어.'

몸뚱이와는 달리, 울 것만 같은 얼굴이다. 잘근 씹은 입술과 경련하는 뺨. 파들거리는 속눈썹. 찡그린 눈썹.

'뭐가 거짓이냐.'

하지만 눈동자는 차갑다. 몸이나 얼굴과는 다르게 검무희의 눈동자는 미동도 하지 않는다. 감정조차 읽을 수 없다.

모두가 말했던 대로 기분 나쁜 눈. 온기 없이 싸늘한 금속을 연상시키는 눈이다. 그 금속은 필시 날카롭게 벼린 검일 것이다.

어렴풋한 느낌이 들었다. 몸은 날뛰고 싶어 하는 것이 아니다. 듣고 싶지 않다는 감정과 살의에 충실하게 검을 휘두르고 싶어 하는 것이 아니다.

주저하고 있다. 듣고 싶지 않다고 생각하면서도, 속삭임에 유혹되는 것처럼 내심 듣기를 바란다. 움찔거리는 몸은 이 상황을 어쩔 줄 모르는 아이 같았다.

오직 저 눈만이.

"당신은 누구지?"

몇 번이나 했던 질문을 다시 묻는다.

"천의무봉? 검무희?"

싸늘한 검무희의 눈을 본다. 일방적인 감정만을 지닌 저 눈을.

"검령?"

죽여야 돼.

그 진한 감정이, 머릿속에서 들리는 분명한 소곤거림이 되었다. 주저하던 몸에 알 수 없는 힘이 깃들었다.

검무희는 헉하고 숨을 삼키며 급히 팔에 힘을 주었다. 조금 늦었다. 팔은 이미 움직여서, 검을 휘둘렀다.

"……왜 안 피합니까?"

검무희는 이해할 수 없다는 목소리로 물었다. 백현의 목에서 피가 튀고 있었다. 그는 손을 들어 목덜미를 어루만졌다.

기껏 재생했는데, 다시 그어졌다. 그래도 아까보다는 훨씬 덜한 상처였다. 아주 얇게 피부가 베어진 것이 고작이다.

"당신이 막았으니까."

"……막지 않았습니다. 나는 검을 휘둘렀습니다."

"막으려고 했지."

백현은 긴 한숨을 내쉬었다. 아직 검무희는 백현의 질문에 대답하지 않고 있었다.

검무희는 떨리는 손을 내려다보았다. 여전히 머릿속에는 죽여야 한다는 목소리가 들린다.

검무희는 아랫입술을 잘근 씹고서 손을 내려 보았다. 떨리는 손이 움찔거린다. 더 검을 휘두르기를 갈망하는 것 같았다.

"……."

검무희의 손에서 검이 사라졌다. 그녀는 몇 걸음 뒤로 물러서더니 고개를 절레절레 흔들었다.

"당신은 내가 알 수 없는 말만 하는군요."

"응."

"……미혹을 베기 위해 왔는데, 오히려 더 거세졌어. 당신을 죽이면 더 이상 이를 느끼지 않아도 될 줄 알았는데…….”

검무희는 억지로 입매를 올려 웃었다.

“너무 늦었나 봅니다.”

처음부터 떠올리지 않았더라면.

“나는…… 천의무봉이 아닙니다. 검령이 무엇인지도 모릅니다. 아까 말했던 것처럼, 나는 검무희입니다.”

아까와 똑같은 대답이다.

하지만 백현은 반발하지 않았다. 무엇이 주체인지, 저 대답이 증명하고 있었다.

“하나 당신을 죽이고 싶어 하는 나는…… 내가 아닌 것 같군요.”

검무희는 고개를 내려 바다를 보았다. 바다를 알고 있되, 처음 보는 나는 지금의 나인 걸까. 어비스가 아닌 이 세상이 아름답다고 생각했던 것 역시 나인 걸까.

“그건 싫습니다.”

우자라는 이름.

검무를 추면서 눈물을 흘렸다고 생각했지만, 눈물은 나지 않았다. 하나 그 감정은 의심의 여지 없는 진짜였다. 천의무봉에 대해 들으면서 느꼈던 감정 또한 진짜.

그 역시 나인가?

“……정말 싫어요.”

"잠깐……."

"이번에는 찾기 힘들 겁니다."

검무희가 웃었다. 저 웃음을 만드는 것은 틀림없는 검무희 본인이었다.

백현은 급히 뛰어들었지만, 그것보다 검무희가 움직이는 것이 더 빨랐다.

물러선 그녀의 등 뒤에서 칼날이 치솟았다. 칼날이 이 공간의 흐름을 베어냈고, 그렇게 열린 틈 사이로 검무희의 몸이 삼켜졌다.

그건 마치 세상이 그녀를 집어삼키는 것처럼 보였다. 백현은 더 이상 나아가지 않고 멈추었다. 짜디짠 바닷바람이 백현을 스치고 지나갔다.

사라진 검무희의 모습은 보이지 않았다. 그녀가 말한 대로였다.

"이건…… 찾기 힘든 정도가 아니잖아."

화천에서와는 다르게 아무런 흐름도 남기지 않았다. 이 탁 트인 하늘 어느 곳에서도 검무희의 모습은 보이지 않았다. 그녀는 눈앞에서 허깨비처럼 사라져 버렸다.

'이걸 어떻게 해야 하는 거야?'

차라리 묻지 말고 싸웠더라면. 이길 수 없다고 해도, 무조건적인 적이라고 생각하고 싸웠다면. 그랬다면 죽음 직전까지 몰렸을 때 즉시 살령을 사용했을 것이다. 백현이 죽게 된다고 해도, 그 대신에 검무희도 죽일 수 있었을 테니까. 그녀가 검령이었다면. 백현은 그것을 망설이지 않았을 것이다.

하지만 검무희는 검령이 아니다.

"……나한테는 너무 어렵잖아."

싸워서, 이기거나 진다. 산다…… 죽는다. 죽인다.

백현에게 있어서 쉽고 익숙한 것은 그런 것이었다. 이런 기분은 익숙하지 않아서 어려웠다.

3장
행복한 결말

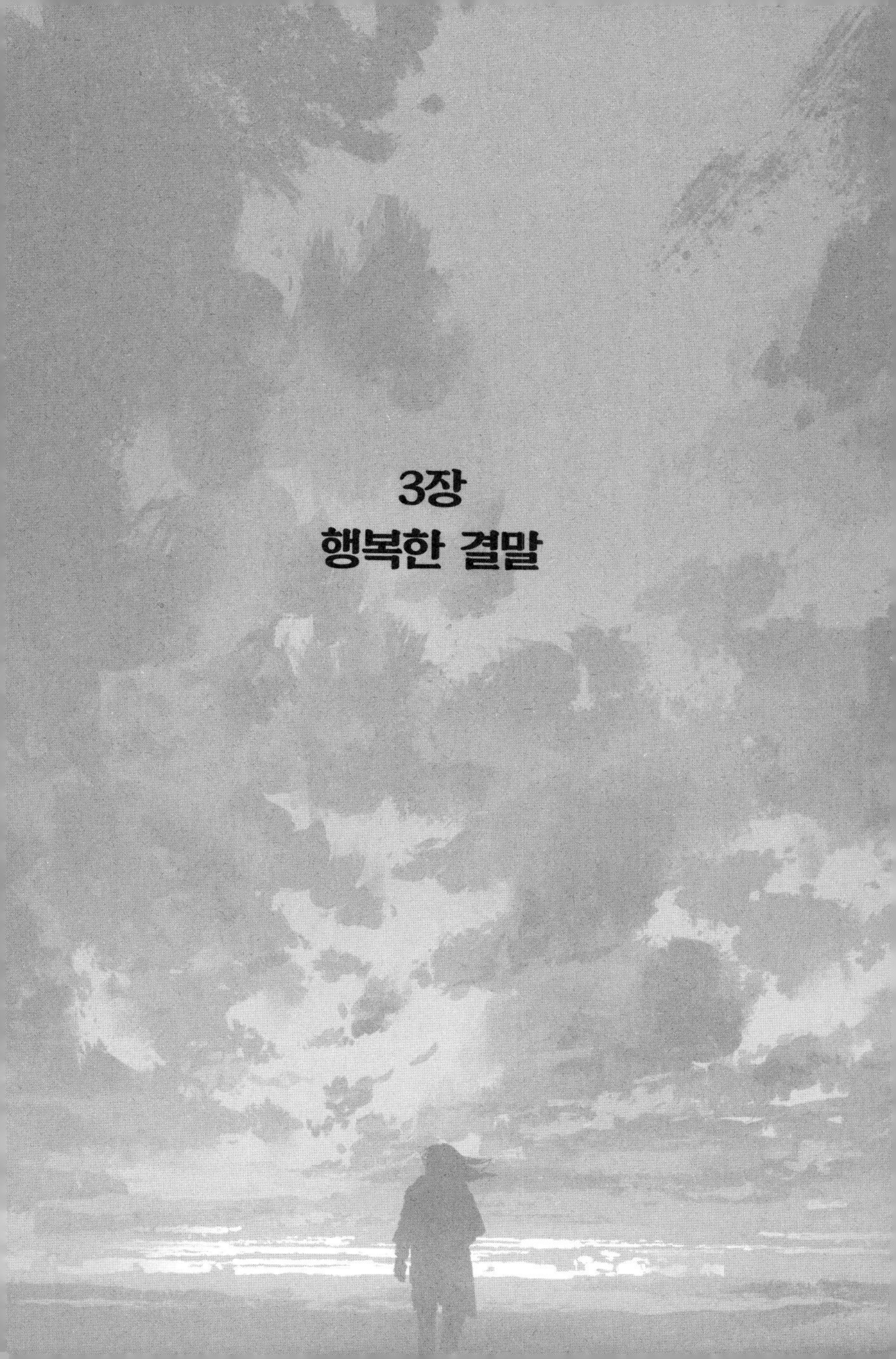

“몰래 싸우려고 했던 것은 아니지?”

“피해를 줄이려고 했던 거야.”

그 항변에 서민식은 피식거리며 웃었다.

백현은 소파에 와서 털썩 앉았다. 그 맞은편에서 서민식이 낄낄거리며 말했다.

“어디 깡촌 오지도 아니고, 동해였잖아. 거기서 펑펑 싸우다 보면 당연히 보이지.”

“그래도 피해는 없었잖아. 물고기나 좀 죽었으려나.”

“뭐, 어선도 없었고. 그보다 너 핸드폰은 어떻게 된 거야?”

“박살 났더라.”

몸이 그토록 베였는데, 핸드폰이 무사하길 바라는 것은 사치다. 그나마 아라크네가 멀쩡하다는 것이 다행이라면 다행이었다. 그것을 다행으로 생각한다면 죽지 않은 것부터를 다행이라 여겨야겠지만.

"너 피 냄새나."

사라가 코를 킁킁거리며 말했다. 그 말에 백현은 자신의 몸을 내려 보았다.

찢겼던 사린 흑의는 수복되어 있었고, 악취가 나지 않는다는 부가 기능 덕에 옷에서 피 냄새는 나지 않는다. 하지만 피에 흠뻑 젖었던 몸에서는 어쩔 수 없는 피 냄새가 풍기고 있었다.

"죽을 뻔했거든."

"졌어?"

사라가 눈을 동그랗게 뜨고 물었다. 백현의 대답에 서민식도 놀란 표정을 지었다. 백현은 쩝 입맛을 다시며 고개를 끄덕거렸다.

"졌지."

"뭐야? 네가 이긴 것 아니었어?"

"영상 안 떴어?"

"화질도 구리고 도중에 뚝 끊어졌거든. 난 너 돌아온 것 보고 당연히 이기고 온 줄 알았는데?"

"아냐, 졌어."

천공성으로 돌아오면서 몇 번이나 패배를 복기해 보았다.

검무희는 백현을 죽이지 못한 것이 아니라, 죽이지 않은 것이다. 변명의 여지가 없는 패배였다.

"그럼, 검무희는?"

샤나크가 물었다.

검무희가 사라졌다는 것에 대해 알려주자, 샤나크는 혀를 차며 고개를 저었다.

"귀찮게 되었군. 어디로 갔는지도 모른다는 것 아니냐."

"그렇기는 한데, 더 사고는 안 치지 않을까."

"모르는 일이지. 그리고 사람들에게는 어떻게 납득시킬 셈이냐?"

"못 잡고 도망쳤다고 하지 뭐."

"태평한 말이로군. 내가 신경 쓸 일은 아니다만."

샤나크가 중얼거렸다. 그의 곁에는 봉제 인형이 얌전히 앉아 이야기를 경청하고 있었다.

백현은 그녀를 힐긋 보면서 말했다.

"잠깐 상담 좀 해도 될까요?"

[응?]

"둘이서 조용히."

봉제 인형이 뽀르르 날아 백현에게 다가왔다. 백현은 봉제 인형을 양손으로 잡은 뒤에 소파에서 몸을 일으켰다. 그런 백현을 보며 서민식이 기겁해서 물었다.

"야, 어디 가? 지금 밑에 기자들이 얼마나 몰린 줄 알아? 아까는 헬기가 겁도 없이 가까이 와서……."

"네가 알아서 좀 말해줘."

"뭐 새꺄?"

"그러니까, 이렇게 하자. 난 열심히 싸웠지만, 힘이 조금 부족해 중상을 입었다. 몬스터도 나처럼 중상을 입고서 도주했고, 나는 그걸 쫓아가지 못하고 상처투성이가 되어서 돌아왔다. 이렇게."

"소설 쓰냐?"

"내가 뭐 슈퍼맨이야? 나라고 뭐든지 다 척척 해결하는 건 아니라고. 몬스터를 놓치기는 했지만, 산토리니 때처럼 날뛰는 일은 없을 거라고, 네가 적당히 살 좀 붙여서 얘기해 줘. 내가 하는 것보다 민식이 네가 하는 게 더 나을 것 아냐?"

"너 귀찮다고 나한테 떠넘기는 거잖아!"

"응, 친구야. 나 방금 전까지 열심히 싸우고 왔으니까 부탁 좀 하자."

안 어울리게 칭얼거리는 목소리에 서민식의 얼굴이 일그러진다. 잠시 분을 삭이던 그는, 한숨을 푹 내쉬며 고개를 끄덕거렸다.

산토리니에서 돌아오고 나서 한 인터뷰를 생각해 보면, 확실히 저 미친놈이 직접 하는 것보다는 대리자가 대신 입장을 밝히는 것이 나을 것 같았다.

"이거만 약속해. 당분간은 조용히, 어디 싸돌아다니지 말고 있겠다고. 그래야 너 다쳤다고 약 팔 수 있으니까."

"어비스는?"

"사람 많은 곳만 알아서 피해 다녀. 알겠냐? 난 구라 준비 좀 할 테니까."

과연 이런 일에 있어서 서민식은 프로였다. 그는 즉시 핸드폰을 꺼내더니 인터뷰에서 떠들 이야기를 작성하기 시작했다.

백현은 서민식을 향해 히죽 웃고서 봉제 인형을 안고 몸을 돌렸다.

"남들이 들으면 안 될 이야기인가?"

"……음, 좀 사적인 문제라서."

그 대답에 샤나크도 별말 없이 고개를 끄덕거렸다.

봉제 인형을 들고서 방으로 향하는 백현의 등을 보는 사라의 눈이 가늘어졌다.

"하다하다 인형한테까지……!"

사라가 괜히 봉제 인형을 두들겨 패는 것이 아니었다. 뭔 죽이 그리도 잘 맞는 것인지, 곧잘 이야기를 나누는 둘을 보면 분통이 터진다. 게다가 대상은 사람도 아닌 인형이다.

'지난번에는 나한테 질투했으면서.'

차라리 방향을 바꾸어 질투심을 부추기는 쪽으로 가볼까.

그렇다면 상대가…….

사라는 고개를 돌려 앞에 앉은 샤나크와 서민식을 쳐다보았다.

치정 싸움이 일상인 연속극을 떠올려 본 뒤, 사라는 고개를 흔들었다. 아무리 질투를 의도하기 위해서라지만, 저 둘과 꽁냥거리고 싶지는 않았다.

[섬뜩한 기분이 들어…….]

백현의 품에 안겨 있던 봉제 인형은 파르르 몸을 떨었다.

"왜요?"

[이따가 흠씬 두들겨 맞을 것 같은 기분이야. 내가 이렇게 될 줄 알았으면 인형이 아니라 다른 것을 의체로 삼는 건데. 돌멩이나 그런 거.]

영문 모를 중얼거림이었다. 백현은 고개를 갸웃거리면서 자신의 방으로 들어왔다.

그 덕분에 봉제 인형은 사라에게 더 가혹한 취급을 받게 되었다. 아직 사라는 백현과 단둘이 방에 들어온 적이 한 번도 없었다.

[무슨 상담을 하고 싶다는 거야?]

"죽음이랑 영혼, 뭐 그런 것에 대해서요."

백현은 침대에 털썩 앉았다. 쭉 품에 안겨 있던 봉제 인형이 둥실 날아 맞은편 의자에 앉았다.

그녀는 짤막한 인형 팔을 움직여 팔짱을 끼더니, 음흉한 웃음소리를 흘렸다.

[제대로 된 전문가를 찾아오셨군.]

"암, 그렇고말고요."

으스대는 봉제 인형의 말을 받아주었다. 그러자 봉제 인형의 어깨가 들썩거렸다. 참 솔직하게도, 그녀는 띄워주는 말을 하면 언제나 기분 좋은 티를 낸다.

[자, 얘기해 봐. 필멸자가 모르는 삶과 죽음과 윤회에 대해 알려줄 테니.]

"그리 거창한 건 아닌데……."

어디서부터 얘기해야 할까. 검무희에 대해 묻기 위해서는 우자의 이야기부터 해야 할 것이다.

물론 우자의 이야기 전부를 하지는 않았다. 아내의 죽음과 검령, 직접 만난 검무희.

백현의 이야기가 끝날 때까지 봉제 인형은 아무런 말도 하지 않았다. 소파에 앉은 그녀는 미동도 하지 않고 백현의 이야기를 들었다.

이야기가 끝난 뒤에야 봉제 인형이 반응을 보였다.

삐걱.

봉제 인형의 머리가 옆으로 기울어졌다. 인형의 눈동자가 평소와는 다른 빛을 띠었다.

[우선 묻지.]

똑같은 목소리였지만 '다름'이 느껴졌다. 어느새 자아가 바뀌었다.

신격으로서 살아가는 긴 세월은 필연적인 정신의 광기를 낳는다. 특히나 인간에서 비롯된 신격은 그 필연적인 광기를 감당하기 버겁다. 그렇기에 악몽의 결정자는 자신의 자아를 분리하고 있다.

지금 백현의 눈앞에 있는 것은 으스대는 것을 좋아하며 푼수 같은 봉제 인형이 아닌, 신격 중 하나인 악몽의 결정자였다.

[넌 뭘 하고 싶은 거지?]

"……네?"

[네 이야기를 들었어. 굉장히 흥미로운 이야기야. 검령이라는 존재가 천의무봉을 죽였다. 우자는 검령이 깃든 검을 부러뜨리고 버렸다. 우자의 이야기는 그것으로 끝이지만, 사실은 끝나지 않았지. 검무희라는 신격이 어비스에 나타나고, 널 만나게 되었으니 말이야.]

악몽의 결정자가 무덤덤한 목소리로 말을 이었다.

[너에 대한 내 자아 일부의 애정으로, 널 위한 대답을 해주고자 하는 것이야. 그러니 네게 묻는 것이고. 넌 뭘 하고 싶은 거지? 아니, 어떻게 되었으면 좋겠다고 생각하는 거냐?]

그 질문에 백현은 즉시 대답하지는 못했다.

뭘 하고 싶은가, 어떻게 되었으면 좋겠는가. 그 둘은 분명히 다른 말이었다. 왠지 모르게 저 말은, 백현이 바라는 것이 이루어지지 않을 것을 암시하고 있는 것처럼 느껴졌다.

"……당연히 잘 되었으면 좋겠죠."

백현은 씁쓸한 표정으로 말했다.

"우자와 내가 만족할 수 있는 결말이면 좋겠어요. 누구 하나 불행하지 않고."

[그렇게 말할 것이라 생각했어.]

악몽의 결정자가 천천히 고개를 끄덕거렸다.

[이 인형에 깃든 자아로서 관찰한 너는, 아직 지니고 있는 인간적인 면에 굉장한 집착을 가지고 있어. 스스로 평범하지 않다는 자각 때문인지, 혹은 탈각해 가며 자연스레 그렇게 되어가는 것 때문인지는 모르겠지만. 어쩌면 네가 갖게 된 힘을 쌓아가는 과정에서 망가진 것일지도 모르겠지만.]

그 말에 백현은 씁쓸한 웃음을 지었다. 부정할 수 없는 말이었다.

[특히나 감정적인 부분에서 그것이 두드러지지. 넌 인간을 아득히 초월한 몸과 힘을 가졌지만, 감정은 아직 인간으로 남아 있어. 그것을 여리고 무쓸모하다 폄하하는 것은 아니야. 다만, 네가 가야 할 길을 먼저 간 자로서 하는 조언일 뿐. 오히려 나처럼 자아를 확실하게 구분하는 경우가 특출 난 거야. 나는

너무 많은 것을 보고, 겪고, 알게 되었거든.]

인간에서 비롯된 모든 초월자와 신격이 악몽의 결정자처럼 극단적으로 자아를 나눈 것은 아니다.

단지, 그녀는 직접 말한 것처럼 너무 많은 것을 보고 겪으며, 알게 되었다. 그녀의 정신은 신격으로서의 삶을 살아가며 광기를 띤 것이 아니다. 이미 인간이었을 적부터 그녀의 정신은 광기에 범벅되어 있었다.

[난 네 상냥함이 좋아. 자신과 관련된 사람에게만 허용하는 편협한 상냥함이라고 해도 말이야. 그래서, 네가 무엇을 원하는지도 사실은 알고 있었어. 우자와 관계를 맺은 너는 저런 대답을 할 수밖에 없지. 스스로 그것이 불가능하다고 알고 있으면서 말이야.]

"절 잘 아시네요."

[고작 몇 달. 내가 살아온 삶의 티끌 정도의 시간이라고 해도, 그 몇 달을 쭉 너와 함께 있었어. 어쭙잖게나마 이해하기는 충분한 시간이지.]

"불가능하다는 거죠?"

백현은 우울한 눈으로 악몽의 결정자를 보았다.

"내가 바라는 것 말이에요. 그, 행복한 결말."

[너도 알고 있을 거야.]

"사람은 누구나 혹시 모를 희망을 꿈꾸죠."

[대부분은 그 희망에 배신당하지. 아주 예외가 없는 것은 아니지만. 혹시 모를 희망이라는 것은 결국 희망이 없는 상황에서 꿈꾸는 것이니까.]

악몽의 결정자가 킥킥 웃었다.

[우선 너는 이걸 이해해야 해. 검무희, 아니, 천의무봉은 죽었어.]

"알아요."

[진짜 죽었다는 거야. 즉, 검무희는 천의무봉이 아닌 전혀 별개의 인물이라는 거지.]

"……하지만 우자를 알고 있었어요."

[응, 그렇기는 해. 하지만 우자를 안다고 해서 검무희가 천의무봉일 수는 없어. 진짜 천의무봉은 아주 오래전에 죽었으니까.]

악몽의 결정자가 짧은 인형의 다리를 움직였다.

다리를 꼬고 앉은 인형의 모습은 웃음이 절로 나올 정도였지만, 백현은 조금도 웃을 수가 없었다.

[심플하게 생각할 수 있는 것은 윤회겠지만, 그건 해당되지 않아. 정말 윤회한 것이라면 천의무봉은 절대로 검무희가 될 수 없어.]

악몽의 결정자가 말을 이었다.

[내가 직접 보지 않았으니, 나로서는 네가 보고 겪어 나에게

전해준 것으로 추측할 수밖에 없어. 너는 내게 검무희에게 '세 가지' 자아가 있는 것 같다고 말했지?]

"……네."

섬뜩한 살기를 발하던 눈. 주저하던 몸. 울 것 같던 얼굴.

[만약 정말로 그런 것이라면, 난 이렇게 생각해. 천의무봉을 죽인 검. 검령 말이야. 네 말만 들어보면 그건 특수한 마검이야. 자아를 가진 무기라면 꽤 흔하지만, 그 정도 '힘'을 가지고 있는 무기는 흔하지 않지. 에고소드가 주인을 조종했다면 뭐, 마검인 거지.]

"……네."

[검령은 천의무봉을 죽였다. 죽인 이유는 아예 별개로 두자고. 그건 지금 와서는 그리 중요하지 않으니까. 천의무봉의 몸은 검령에 의해 죽었고, 그녀의 '혼'은 검령에게 삼켜진 거야.]

"삼켜졌다고요?"

[일단은 그렇게 생각해. 그리고…… 검령은 왜인지 모르겠지만 긴 세월을 들여 '육체'를 만들었어. 어쩌면 육체를 만들기 전까지 몇 번이나 다른 주인의 손 아래에서 휘둘려졌을지도 모른다는 생각도 했지만……. 아마 그건 아닐 것 같아. 그 이유는 너도 잘 알 거야.]

백현은 살짝 고개를 끄덕거렸다.

만약 그랬다면, 검령은 또다시 주인을 집어삼키고 우자를 찾아갔을 것이다. 우자의 이야기로 들었던 검령의 집착은 그렇게 해도 이상하지 않을 정도였다.

[직접 확인하지는 못했지만, 검령이 깃든 검은 천공성의 현자의 돌에 비견될 정도로 대단한 물건이라고 생각해. 조금 처지긴 한다고 해도 검무희라는 '신격'을 빚어낼 정도니 말이지.]

"……검령이 천의무봉의 혼을 삼켰다고 했잖아요. 그렇다면 검무희가 천의무봉일 수도 있는 것 아니에요?"

[그건 다른 문제야. ……넌 말이야, '나'를 어떻게 정의해야 한다고 생각해?]

"네?"

[네 이름은 백현이야. 너는, 너지. 응, 예전에는 네가 혼돈의 사도거나 자각 없는 심연의 왕좌 본인이 아닐까 생각했지만…… 뭐, 그러한 의문은 제쳐두고서. 내가 보는 너는 그냥 너, 백현이야. 너도 그렇게 생각해?]

"……난 나죠."

[그래. 나도 마찬가지야. 난 악몽의 결정자고, 지금 이렇게 말하는 건 내 조각난 자아의 대부분을 차지하고 있는 '나'지만, 난 틀림없이 악몽의 결정자야. 그런데 말이야.]

악몽의 결정자의 목소리가 잠시 멈추었다.

[과거를 기억하지 못하는 나는, 정말 나일까?]

"네?"

[아니면 과거의 기억만 가지고 있는 나는 정말 나일까? 백현. 지금의 네가 너일 수 있는 것은, 네가 지금에 이르기까지의 과거가 있고, 그걸 기억하고 있기 때문이야. 나 역시 그렇고.]

누구냐고 묻는 질문에, 검무희는 나는 나일 뿐이라고 대답했다. 천의무봉과 우자에 대해 물을 때는 그런 것은 알지 못한다고 대답했다.

[천의무봉은 죽었고, 검무희는 전혀 별개의 인물이야. 넌…… 잘못 생각하고 있어. 넌 검무희의 몸에 천의무봉의 영혼이 들어가 있다고 생각하겠지만, 그건 틀려. 인간의 영혼은 굉장히 나약하거든.]

"그게 무슨 말이에요?"

[인간이 일백 년의 세월도 살지 못하고 죽는 것처럼, 영혼도 마찬가지란 말이야. 특히 육체는 떠난 영혼은 굉장히 쉽게 마모되지. 천의무봉은 뛰어난 무인이었겠지만, 마검에 의해 '그런' 죽음을 맞았잖아.]

악몽의 결정자가 고개를 절레절레 저었다.

[물론 인간의 영혼이라도, 강력한 집념 따위가 더해진다면 긴 시간 묵은 원귀나 악귀가 될 수는 있어. 하지만 그렇게 되어버린 인간은 더 이상 인간이었을 때의 자신이 아니게 돼. 천의무봉에게도 그러한 집념이 있었을지도 모르지만, 글쎄…… 나로서는 천의무봉의 혼은 이미 자아가 완전히 파괴되었다고 봐. 불

쌍하지만 어쩔 수 없지.]

그렇게 말은 하였지만, 악몽의 결정자의 말은 동정 같은 감정이 조금도 실려 있지 않았다.

[하지만 자아가 파괴되었어도 '기억'은 남아.]

끔찍하게도.

[그 기억이 검무희에게 잔재되어 있는 거야. 기억은…… 자신의 것이 아니더라도. 감정을 움직이게 하지. 전혀 모를 타인의 이야기를 듣고 공감하게 되는 것과 다를 것 없어. 그것이 듣는 것이 아니라, '기억'으로서 남아 있다면 공감하게 되는 것이 당연하지. 검무희는 천의무봉의 기억을 떠올리며, 공감한 거야.]

"……그럼 검무희는 뭐죠?"

[신격으로 만들어진 육체에 새로이 자리 잡은 자아. 검령도, 천의무봉도 아니지. 그녀는 그냥 검무희야.]

"……모르겠어요."

어떻게든 부정하고 싶었다.

"왜 그런 방법을 쓴 거죠? 차라리 검령이 검무희가 되었다면……."

[그럴 수밖에 없는 이유가 있었을 테지. 난 말이야, 검령에게는 대단한 자아가 없다고 생각해.]

"네?"

[검령의 행동은 광적이면서 단순하지. 천의무봉의 육체를 빼앗고, 우자가 아끼던 모든 것을 죽였어. 그리고 우자로 하여금 천의무봉을 죽이게 했고. 검령이 대단한 자아가 있었더라면 과연 그렇게 했을까? 저 행동은 말이야, 어지간한 어린아이도 하지 않을 정도로 단순 무식해. 코흘리개라도 엄마가 아끼는 물건을 파괴하면 혼쭐이 날 걸 알 테니까.]

검령은 우자의 모든 것을 파괴했다. 참담한 기분으로 우자의 손에 잡혔을 때도, 검령은 웃는 소리를 냈다고 했다. 그러면서 산으로 돌아가자고 말했다.

[미친놈이 아닌 이상, 그런 일을 겪으면 학을 떼지.]

당연히 우자는 검을 부러뜨렸다.

[오랜 세월 묵은 물건이 요성을 띠어 요괴가 되는 일은 흔한 일이야. 지닌 힘에 따라서 요괴에 그치지 않고 그보다 더한 존재가 될 수도 있지. 검무희는 그렇게 탄생한 귀신(鬼神)이고, 검령과 별개인 '검'의 신격이야. 그 검무희의 안에, 검령이 사념으로서 존재하고 있는 거지.]

악몽의 결정자가 몸을 일으켰다.

[넌 행복한 결말을 바랐지만 이건 애초에 행복하지 않은 이야기야. 이미 일어나 버린 비극을 바꿀 수는 없어. 물론 생각하기 나름이지만. 검무희에겐 틀림없이 죽은 천의무봉의 기억이 있어. 관점에 따라서, 그녀를 천의무봉의 환생이라고 생각

할 수 있다는 거지.]

"……환생……."

[내 관점에서는 절대 아니지만. 환생이야 곧잘 일어나는 일이고, 과거의 기억을 어렴풋이 가진 일도 아주 드물지는 않지만. 검무희의 기원과 검령을 생각하면 그녀는 절대로 천의무봉의 환생이 아냐. 애초에 저러한 환생이 이루어지려면 마땅한 인과를 쌓아야 해. 내가 네게 들은 천의무봉의 삶은, 안타까운 죽음이기는 해도 환생할 정도로 대단하지는 않아.]

백현은 주먹을 꽉 쥐었다.

울 것 같은 얼굴로, 죽이고자 하는 눈으로, 주저하는 몸으로. 그렇게 서 있던 검무희의 모습이 머릿속에 사라지지 않았다. 폭포가 가까운 집에서 언제나 술을 마신다는 우자도.

[넌 누구를 구원하고 싶지?]

일그러진 얼굴을 하고 앉은 백현을 보며, 악몽의 결정자는 천천히 물었다.

[천의무봉을 구원하고 싶다면. 내가 해줄 수 있는…… 가장 현실적인 조언은 이것뿐이야. 검무희를 죽여.]

"……죽이라고요."

[그녀를 죽인다면, 이미 자아가 파괴된 천의무봉의 혼이나마 해방시킬 수 있겠지. 그 뒤에 천의무봉의 혼은 윤회의 고리로 들어가 언젠가 환생하게 될 거야.]

"……난, 그걸 구원이라고 생각하지 않아요. 나는……."

[천의무봉에게는 구원일 테지.]

백현은 푹 숙이고 있던 고개를 들어 악몽의 결정자를 보았다. 저 투명한 인형의 눈이 왠지 모를 웃음을 짓고 있다고 느껴졌다.

[넌 우자를 구원하고 싶은 거야. 네가 모르는 천의무봉이 아니라, 네가 아는 우자를 말이야. 넌 죽은 아내를 우자에게 보내어 만나게 해주고 싶은 거지?]

"……그게 행복한 결말이라고 생각하니까요."

[이뤄질 수 없는 말이라고도 했지. 난 지금부터 네가 아주 싫어할 말을 할 거야. 하지만, 나는 말해야겠어. 네가 싫어할지라도, 나는 이게 꽤 나쁘지 않은 차선책이라고 생각하거든. 부디 날 미워하지 않기를 바라. 적어도 이 인형의 자아는 말이야.]

백현은 주먹을 꽉 쥐고서 봉제 인형을 쳐다보았다.

잠시간의 침묵 뒤에 봉제 인형이 말했다.

[네가 검무희를 죽이고, 천의무봉의 혼을 빼낸다면. 내가 그 혼으로 언데드를 만들어줄게. 아주 철저하고 완벽하게. 천의무봉의 기억에 충실한 언데드를 말이야.]

악몽의 결정자의 말대로였다.

그녀가 저 말을 한순간, 백현은 자신의 것이라고 믿을 수 없을 정도의 사나운 살의를 느꼈다.

방 안의 공기가 순식간에 얼어붙었고 가구들이 파들거리며 떨렸다. 그 저릿한 살기의 앞에서 악몽의 결정자는 씁쓸히 웃었다.

[이럴 줄 알았어. 싫어할 줄 알았다고. 나로선 나쁘지 않은 차선책이었는데. 하긴, 언데드는 어감이 나쁘니까. 그렇다고 소생시켜 준다는 거짓말은 하고 싶지 않았어.]

"……싫어할 줄 알았다면 하지 말지 그러셨어요?"

[저거라면 내가 할 수 있는 일이니까. 이게 싫다면 어쩔 수 없지. 네가 정말 우자를 구원하고 싶다면…….]

"난 둘 다 구원하고 싶은 거예요."

[응, 알았어. 그러니까 또 다른 방법을 알려줄게. 이건 그다지 권하고 싶지 않은 방법이야. 앞서 말한 것들은 확실하게 할 수 있는 것들이지만, 이건…… 내가 아주 싫어하는. 혹시 모를 희망에 기대는 것이거든.]

"난 그거 좋아해요."

[그러니까 말해주는 거야.]

악몽의 결정자가 긴 한숨을 내쉬었다.

[흑장미여왕이나 퓨어세인트. 그들이라면 네가 원하는 구원에 대한 답을 줄지도 몰라.]

악몽의 결정자가 언급한 둘의 이름에 백현은 잠시 눈을 깜

빠거렸다.

혹시 모를 희망, 바라는 구원.

백현은 자신이 정확히 무엇을 바라는가에 대해 생각해 보았다. 우자가 아내와 재회하게 해주고 싶다. 언데드가 아니라, 틀림없는 천의무봉 본인과.

악몽의 결정자는 천의무봉이 확실하게 죽었고, 검령에게 먹힌 영혼도 자아를 잃고 기억만이 남았을 것이라 말했지만. 혹시 모를 희망. 백현은 여전히 그것을 바라고 있었다.

검무희를 직접 본 것은 백현이고, 악몽의 결정자는 백현에게 이야기를 듣고서 추론한 것뿐이다. 그렇다면 실제와는 얼마든지 다를 수도 있는 것 아닌가.

[그 둘은 나와는 다른 방향으로 죽음과 영혼을 다루는 것에 능숙하거든. 역천자도 그렇기는 하지만, 이 경우에서 그는 논외로 두어야지. 네게 굳이 설명할 필요도 없을 거야.]

“네.”

검무희를 바깥으로 보낸 것은 역천자다. 그가 무엇을 의도해 검무희를 내보낸 것인지는 알 수 없었으나, 역천자가 검무희와 관련된 문제에서 백현에게 협력할 리가 없었다. 애초에 백현은 역천자가 어디에 있는지 알지 못한다.

“어떤 식으로 능숙하다는 거예요?”

[퓨어세인트에 대해서는 나도 잘 몰라. 하지만.]

악몽의 결정자가 까딱 고개를 기울였다.

[너희 인간들은 퓨어세인트의 힘을 기적이라 떠들어대지. 그건 인간들의 편해 빠진 해석일 뿐이야. 응, 그래. 인간들이 '신성마법'이라고 말하는, 퓨어세인트의 권속이라면 누구나 쓸 수 있는 치유 마법. 그건 인간이 가진 본래의 치유력을 강제로 자극해서 활성화시키는 거야. 상처야 낫겠지만 그 대가로 수명이 깎이지.]

결국 제 살을 파내어 다른 상처를 메우는 것에 지나지 않는다.

[흑마법사였던 난 인간이었을 적 삶의 대부분을 프리스트와 성기사를 적으로 두었어. 퓨어세인트의 신력에는 흑마법에 극상성을 띈 신성력이 전혀 실려 있지 않아. 오히려 그건 내가 아주 잘 아는 죽음의 힘과 미묘하게 닮아 있었지. 그녀가 어떻게 그런 힘을 다루는 것인지는 모르겠지만, 그만한 힘을 다룬다면 죽음과 영혼에 정통할 수밖에 없지.]

백현에게 퓨어세인트에 대해 들려준 평가는 대동소이했다. 위선자, 속내를 알 수 없고, 불길하다.

예전에 처음 만났을 때, 퓨어세인트는 관점과 입장에 따라 평가가 달라질 수밖에 없다고 말했었다. 그때의 그녀는 재생의 뱀을 타고난 포식자라고 말했고, 흑장미여왕을 음험하고 위험하다고 말했다. 또 자기 자신은 인류애만을 위해 이 세상의 인간을 돕는 선한 자라고 말했었다.

그건 퓨어세인트의 관점일 뿐이다. 정작 다른 군주들은 퓨어세인트에게 일방적인 악담만을 퍼붓는다. 관점이야 모두가 다른 것이라지만, 저렇게까지 의견이 몰린다면 퓨어세인트는 그녀가 떠들던 것처럼 인류애를 목적으로 한 선한 자는 아닐 것이다.

[흑장미여왕은…… 지난번에도 말했지만, 한때는 마신에게 도전했을 정도의 대마왕이야. 모든 마왕은 영혼을 대가로 한 계약에 정통하지. 특히 영혼을 타락시키고 망가뜨리는 것에 있어서, 마왕은 그 어떤 존재보다 다양한 경험을 가진 전문가일 거야. 나조차도 한 수 양보할 정도로 말이지.]

"난 영혼을 타락시키고 망가뜨리는 것에는 관심 없는데요."

[그건 나도 알아. 하지만, 망가뜨린 경험이 많다면 얼마나 많이 망가졌는지 보는 눈썰미도 갖추고 있겠지. 어쩌면 망가진 것을 고치는 재주도 있을지도 모르고.]

"당신이 직접 물어볼 수는 없나요?"

그 질문에 악몽의 결정자는 킬킬 웃었다.

[내가 그녀의 부탁으로 널 만나러 와서, 지금까지 함께하며 흑장미여왕의 영지에 동행하는 입장이기는 하지만. 난 그녀와 꾸준한 대화를 나누고 있지는 않아. 나로선 흑장미여왕에게 연락을 걸 수 없어.]

퓨어세인트냐 흑장미여왕이냐.

다행인 것은, 백현은 둘 중 누구라도 만날 수 있다는 것이다.

그는 이미 퓨어세인트의 영지에 들어가 그녀를 직접 만났던 적이 있었다. 그 이후로 찾아간 적은 없었지만, 이번에 찾아가 만남을 청한다면 아마 거절당하지는 않을 것이다.

다만 그 후가 문제다. 퓨어세인트가 솔직하게 부탁에 응해줄 것 같지도 않았고, 드레이븐과도 그다지 우호적인 관계가 아닌 데다가 백현 본인부터가 퓨어세인트를 껄끄럽게 생각하고 있다.

"흑장미여왕을 만나야겠네요."

[응, 그게 가장 좋겠지. 퓨어세인트와의 만남에 내가 널 도울 수는 없겠지만, 흑장미여왕에게는 어느 정도 도움을 줄 수 있을 거야. 너와 했던 약속도 있고.]

악몽의 결정자가 킬킬거리며 웃었다.

껄끄러운 것은 퓨어세인트뿐만이 아니다. 흑장미여왕 역시, 만나본 적이 없고 마왕이었다는 점에서 껄끄럽기는 마찬가지다.

하지만 악몽의 결정자와 맺은 약속도 있고, 저쪽이 쭉 만남을 청해오기에 궁금하기는 하다. 천의무봉까지 얽히게 되었으니 만날 수밖에 없게 되었다.

[다시 말해두지만, 이건 네가 좋아하는 혹시 모를 희망일 뿐

이야. 내 관점에서 천의무봉의 혼은 이미 파괴되었고, 그렇게 된 혼을 고칠 방법은 존재하지 않아. 언데드가 되는 것이 차선책, 가장 좋은 방법은 검무희를 죽이면서 혼이나마 해방시키는 것이지.]

"아직 확인하지 않았어요."

[응, 그렇지. 이런 면에서는 꽤나 고집스럽구나. 그것도 네가 집착하는 인간성의 일부겠지?]

백현은 말없이 웃었다.

"그럼. 악몽의 결정자 님은, 왜 검무희가 어비스에 왔다고 생각하세요?"

[넌 아주 어려운 걸 묻는구나. '다른 신격이 무엇을 바라고 있을까'라니. 본인이 아니고서 네 질문에 완벽한 답을 할 수는 없을 텐데.]

"뭐, 추측이라거나."

[흐음…….]

악몽의 결정자가 두 다리를 까딱거리며 잠시 고민에 잠겼다.

[지금까지 보여준 것으론, 검령의 자아는 그리 대단하지 않아. 하지만 그 자아에 어울리지 않는 비대한 힘과 일그러진 집착을 가지고 있지. '네가 아는' 이야기에 한해서 검령은 우자에게 굉장히 집착했어. 그게 왜일까?]

"……잘 모르겠는데요?"

[가장 편하게 생각할 수 있는 것은 애정이지. 검령은 우자와 오랜 시간을 함께했고, 우자에게 집착하게 됐어. 우자를 다시 만나고 싶다. 하지만 우자가 어디에 있는지 몰라. 아니, 어쩌면 우자가 어디에 갔는지는 알았지만, 도저히 우자를 만날 수 없다는 것을 알았을지도 모르지.]

선계.

[우자에 대한 집착에 초점을 맞춘다면, 검령이 혼돈의 근원을 취함으로써 하고자 하는 일의 범위는 굉장히 좁아지지. 우자를 만나러 가는 것. 그리고 자신을 온전히 완성하는 것.]

"완성?"

[자아를 완성시키는 것 말이야. 만약 그것이 성공한다면, 검령이 검무희의 자아를 집어삼키겠지. 그 뒤에 우자를 만나러 갈 테고.]

그 추론에는 백현도 납득할 수 있었다.

선계는 가고자 열망한다 하여 갈 수 있는 곳이 아니다. 백현이 선계에 들어갈 수 있었던 것도 우연, 아니, 가끔 머릿속에서 들리는 알 수 없는 목소리의 인도 때문이었다.

검무희와의 싸움에서 경고를 발했던 그 목소리는, 싸움이 끝난 후론 다시는 들리지 않았다.

등선이 아닌 다른 방법으로 선계에 침입한다면. 선계에 살아가는 많은 신선을 적으로 돌리게 된다. 선계의 주인인 투신까지도. 백현은 그들과 직접 만나보았기에, 선계의 전력이 얼마나 끔찍이 강한지 잘 알고 있었다.

"혼돈의 근원, 여러 곳에서 듣기는 했지만…… 이건 뭐 드래곤볼도 아니고. 아무 소원이나 다 들어주는 거예요?"

[그와 비슷하지.]

악몽의 결정자가 수긍한 것보다, 그녀가 드래곤볼을 알고 있다는 것이 더 놀라웠다.

[그렇게 편리한 것은 아니라고 생각하지만. 드래곤볼은 찾고, 소원만 빌면 끝이잖아. 하지만 혼돈의 근원은 찾아낸 다음에는 확실하게 자신의 것으로 삼아야 해. 그 뒤에는…… 바라는 것을 이룰 힘을 주겠지. 사실은 말이야, 그것이 정말 바라는 소원을 이뤄주는지조차도 알 수 없어.]

"네?"

[아무도 손에 넣지 못했으니까. 그렇지만, 그건 열려 있는 가능성이잖아? 열망하는 자로서는 그 가능성을 향해 손을 뻗을 수밖에 없는 거야.]

나는 아니지만.

악몽의 결정자가 빙긋 웃었다.

애당초 그녀가 어비스에 온 이유는 혼돈의 근원을 탐해서가 아니라, 어비스라는 전장에서 죽어나갈 다른 신격을 권속으로 취하기 위해서다. 그리고 그것 외에 다른 이유도 있을 것이다.

재생의 뱀은 악몽의 결정자가 흑장미여왕을 감시하는 것 같았다고 말했었다.

[어비스에 온 신격은 무언가 결여되어 있거나, 이룰 수 없는 바람을 가지고 있어. 그들에게 있어서 혼돈의 근원은, 정확히 무엇인지도 알 수 없다지만 맹목적으로 탐할 만한 가치가 있는 힘인 거지. 지푸라기라도 잡는 심정…… 이라고도 할 수 있겠지만, 글쎄. 지푸라기보다는 훨씬 그럴듯하잖아?]

신격이라고 해서 부족함 없이 완전한 것은 아니다. 이룰 수 없는 바람을 이루어줄 가능성이라면, 다른 신격과의 전쟁을 감수할 만한 가치가 있다. 패배가 소멸로 이어진다 할지라도 말이다.

"마지막으로 물어보고 싶은 것이 있어요."

백현은 잠시 호흡을 가다듬었다.

악몽의 결정자는 무언으로 손짓하며 질문을 기다렸다.

"처음 어비스에 왔던 신격은 전부 20명. 맞나요?"

[응, 맞아. 이미 알고 있는 것 아니었어?"

"좀 확인받고 싶은 것이 있어서요. 지금까지 남아 인간과 계약한 신격들이 13 군주고, 5년 전 혼돈이 폭주해 삼켜진 신격들이 7명. 맞나요?"

[쉬운 덧셈 뺄셈이잖아. 20-13은 7이지.]

"설마 제가 그걸 몰라서 물어봤겠어요. 난 그 7명에 대해 알고 싶어요. 천존, 검무희, 마룡왕, 유계의 방랑자, 헌드레드, 키마이라……. 내가 아는 것은 이 6명이 전부라서요."

아무리 기억을 더듬어보아도, 백현의 기억에 존재하는 신명은 7개가 아닌 6개였다.

백현에게 혼돈에 삼켜진 신격들에 대해 알려준 것은 재생의 뱀이다.

그녀는 분명 최초에 20명의 신격이 어비스에 들어왔고, 7명이 타락했다고 말했었다. 하지만 정작 그녀가 자세히 들려준 신격들은 6명이었다.

[월드이터.]

악몽의 결정자가 머리를 기울이며 말했다.

[네가 말한 신명 중에는 월드이터가 빠져 있어. 정말 월드이터에 대해서 아무것도 모르는 거야?]

"네."

[의외인걸, 신격에 대해서는 전부 다 알고 있는 줄 알았는데.]

"나도 그런 줄 알았어요."

[천공성의 현자의 돌은 자아를 가지고 있잖아. 그 녀석한테 듣지 못했어?]

"듣지……."

백현의 몸이 움찔 떨렸다.

아프라스에 처음 사용자 등록을 끝냈을 때, 백현은 아프라스에게 추측이 섞여도 상관없으니 참고를 위해 신격들의 힘을 강한 순서대로 나열해 보라 명령했었다.

죽은 놈들 빼고, 군주들의 힘을 강한 순서대로 나열해 봐.

그때 아프라스가 말한 이름은 전부 16명이었다. 13 군주를 포함해서 3명. 마룡왕, 검무희, 헌드레드.

유계의 방랑자와 월드이터, 키마이라, 천존은 포함되어 있지 않았다. 즉, 아프라스는 그 넷을 '죽은 놈'으로 인지하고서 평가에서 제외했다는 것이다.

'유계의 방랑자가 죽었다?'

이 경우에서 죽음은 키마이라처럼 자아 없이 몸뚱이만 남은 괴물이 되었다는 뜻인가? 그럼 팔로워는? 그리고 월드이터는?

[월드이터는 엄청난 대식가였지.]

백현의 표정이 굳어가는 것을 보던 악몽의 결정자가 입을 열었다. 그녀는 양손을 내밀더니 위아래로 벌렸다.

저게 대체 뭐 하는 것인가 알 수 없어 쳐다보는데, 시선 따위는 신경 쓰지 않는단 듯이 악몽의 결정자가 말을 이었다.

[신격에게 식사는…… 일종의 기호 같은 거야. 신격에 따라

서 먹음으로써 힘을 취하는 경우도 있기는 하지만. 그런 경우에는 음식을 고르는 것이 당연하겠지? 하지만 월드이터는, 그냥 다 먹었어.]

내민 팔이 위아래로 반복해 움직였다.

그제야 백현은 저 동작이 무엇인지 알았다. 아무래도 짧은 인형의 팔로 주둥이를 표현하고 싶었나 보다.

[득실거리는 몬스터와 흙, 산…… 전부 다. 자기 주변에 있는 것은 모조리 다 먹어치웠지. 놈은 아무 권속도 가지고 있지 않았어. 아마 놈의 배 속에 있겠지. 이미 소화되었을지도 모르고.]

"강했나요?"

[그건 우문이야. 강하지 않았다면 죽었을 게 당연하잖아? 뭐 그래도, 저렇게 먹기만 하는 놈치고는 꽤 이성적이며 교활하기도 했지. 놈은 적극적인 사냥꾼이면서 자기 둥지로 먹이를 유인할 줄도 알았거든. 도망치는 법도 알았고.]

"……혹시. 월드이터가 재생의 뱀과 어떤 관계였는지 아시나요?"

[이번에도 이상한 것을 묻는구나. 의도를 알 수 없는 질문이야.]

"혹시, 둘이 친하거나…… 뭐 그래 보였나요?"

악몽의 결정자는 인형의 눈으로 백현의 얼굴을 빤히 쳐다보았다. 여전히 질문의 의미를 알 수 없다는 듯이. 그렇다고 백현의 질문을 무시하거나 거절하지는 않았다.

[그러지 않았어. 오히려 앙숙처럼 보였지. 만나기만 하면 서로 죽일 듯이 싸워댔고, 매번 월드이터가 도망쳤지. 그런 주제에 다음에 또 그렇게 싸우고, 도망치고. 그나마 이해가 안 가는 것은, 몇 번이고 패배하며 이길 수 없다는 것을 알았을 월드이터가 재생의 뱀에게 먼저 싸움을 걸기도 했다는 거야.]

친분이 있었던 것도 아니다. 그런데 왜 재생의 뱀은 월드이터에 대해 알려주지 않은 걸까. 아니, 숨기려 했다면 처음부터 20명이 아니라 19명이라고 말하는 것이 쉬웠을 텐데. 왜 그런 들킬 것이 뻔한 거짓말을 한 것일까.

[왜 둘이 앙숙인지는 나도 잘 몰라. 같은 세계에서 온 것도 아니었고…… 생김새 때문에 그런가?]

"네?"

[둘은 좀 닮았거든. 아, 의체 말고 본신이 말이야. 재생의 뱀은 엄청나게 커다란 뱀이야. 뱀 굴에 갔었으니 너도 알겠지?]

"본신을 본 적은 없어요."

[그리 보기 좋은 모습은 아니야. 진짜 괴물 같은 뱀이거든. 월드이터도 비슷해. 재생의 뱀 같은 독은 쓰지 못하는 것 같았고, 생김새도 훨씬 더 끔찍한 흉물이었지만. 길고 구불구불하다는 점은 닮았지.]

그 모습을 떠올린 것인지, 악몽의 결정자가 인형의 머리를 도리도리 저었다.

[놈은 썩어가는 뱀 사체 같은 모습이었어.]

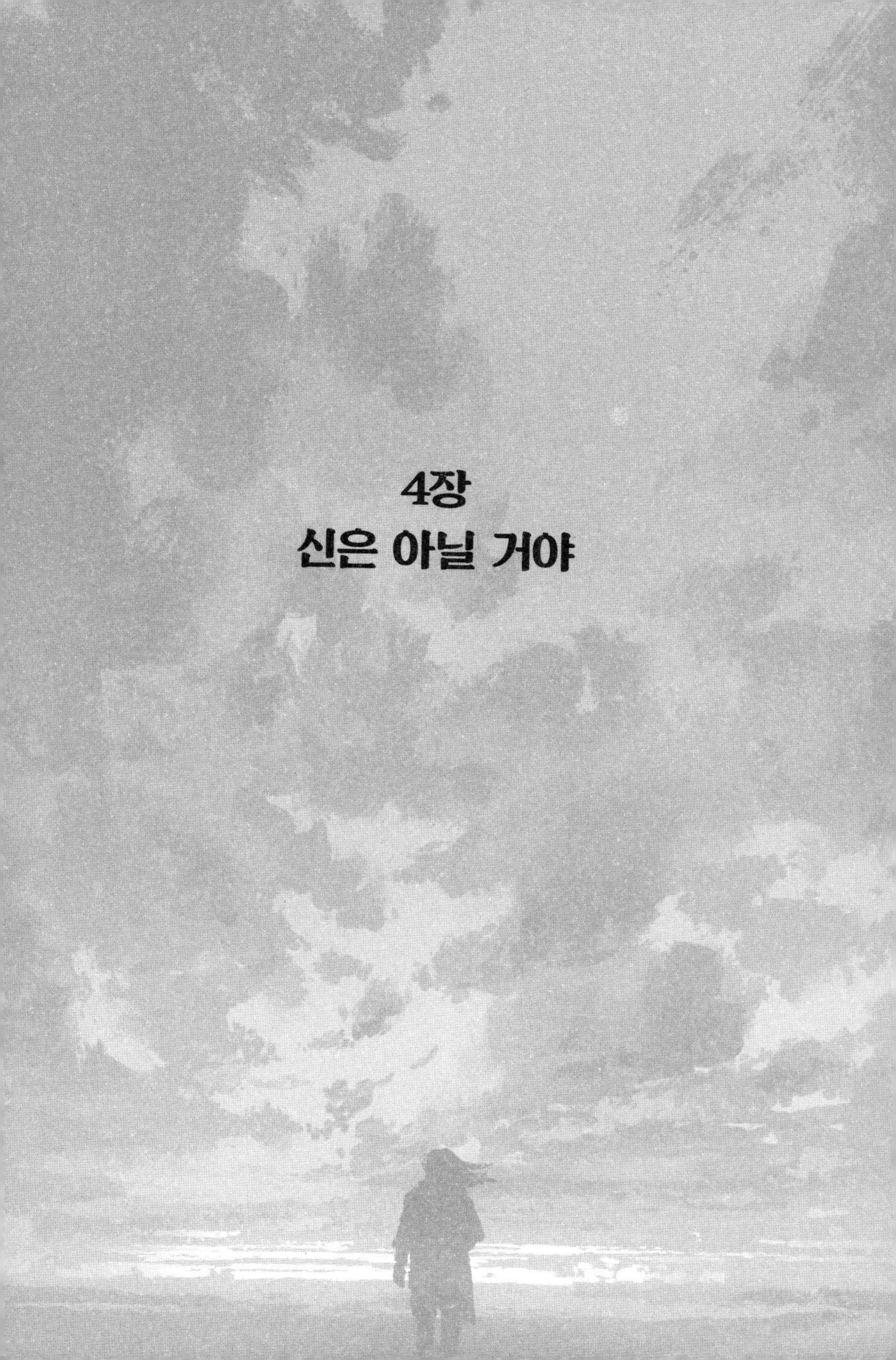

4장
신은 아닐 거야

시간이 필요했다.

과연 얼마큼의 시간이 필요할지는 검무희 본인도 알 수가 없었다. 그녀가 느끼는 미혹에 대해 명확한 답을 알려줄 사람은 어디에도 없었고, 시간이 해결해 주기를 바랄 뿐이라지만 그때까지의 고민과 혼란은 온전히 검무희 자신이 감당해야만 했다.

'어쩌면.'

진드기처럼 달라붙는 사념에 검무희는 아랫입술을 잘근 씹었다. 그를 명확하게 의식하고 싶지 않았다. 그렇게 되었을 때, '검무희'라는 자신이 존재할 의미가 없을 것임을 직감하고 있기 때문이었다.

검무희는 구멍투성이의 기억과 자신이 '살의'를 느끼는 것들에 대해 떠올렸다.

애당초 살의를 느끼는 것 자체가 이상하다. 그 남자는 우자가 아니다. 우자를 알고 있다지만, 단지 그것만으로 이렇게까지 강렬한 살의를 느끼다니.

검무희는 흔들리는 바다를 내려다보며 백현에게 들은 이야기를 떠올렸다. 끝까지 듣고 싶지 않다고 생각한 것은 과연 나였을까. 그렇다면 살의를 느끼는 것은?

천의무봉, 우자, 검령…….

백현에 대한 살의는 과격한 집착이었다. 애정 하나 섞이지 않은 무조건적인 증오. 그 증오는 '우자'라는 이름과 섞이지 않고 겉돌고 있다. 검무희가 천의무봉이라면, 왜 우자를 아는 그 남자를 죽이고 싶어 한단 말인가.

'천의무봉이 아닌 검령이라면?'

백현의 이야기만 들어보면 검령은 우자에게 광적으로 집착하고 있다. 그런 검령이, 왜 우자를 '알고 있는' 백현을 죽이고 싶어 하는 걸까. 차라리 그의 이야기를 들으며, 우자의 행방과 근황에 대해 듣는 편이 나을 텐데.

'……그럼 난?'

백현에 대한 살의에 가장 어울리는 존재는 다름 아닌 검무희였다. 그녀는 자기 자신이 다른 누군가가 아닌 검무희기를 바란다. 내가 아닌 존재의 과거를 듣고 떠올리는 것이 불쾌하다. 백현만 없었다면, 그녀가 이런 미혹을 느낄 리는 없을 것이다.

'……정말 내가?'

가슴 깊은 곳에서 구역질이 느껴진다.

그럴 리가 없다는 변명을 이어갔다. 지금 사고하고 있는 것은 검무희 본인이 틀림없었고, 그녀는 자기 자신의 살의가 가장 타당하다 생각하면서도 납득하지 못하고 있었다.

이 충동적인 살의가 정말 나 자신의 것이라면, 이렇게까지 혼란스러울 리가 없다. 끼워 맞출 뿐인 심증의 범인은 검무희를 지목하고 있다고 해도. 검무희는 그를 부정하고 있었다.

다시 바다를 본다. 잔잔한 파도가 흐르고, 그 안에 약동하는 무수히 많은 생명이 보였다.

검무희는 잠시 그 거대한 생명의 요람을 홀린 듯이 응시했다. 어비스와는 전혀 다른 활기를 띤 넓은 바다는 검무희로 하여금 알 수 없는 박탈감을 느끼게 만들었다. 하나 그 박탈감은 결코 싫은 감정이 아니었다.

바다뿐만이 아니었다. 아까 보았던 산도, 하늘도. 그것들 모두가 똑같이 박탈감을 주었지만 싫지 않다. 오히려 느껴본 적이 없는 것들이기에 더 많이 보고, 느끼고 싶었다.

그녀는 여전한 미혹을 느끼고 있었지만, 이 세상은 그 미혹에서 시선을 돌리게 할 만큼이나 아름다웠다.

검무희는 목에 건 묵주를 매만졌다.

역천자는 돌아오고 싶을 때 이것을 사용하라고 했다. 하지만…… 돌아가고 싶은 마음이 들지 않는다.

기억으로는 알고 있어도 겪어본 적은 없는 이 진짜 세상은, 혼돈이 가득하고 죽음이 즐비한 어비스에 비견할 수 없을 정도로 아름다웠다.

검무희는 여태껏 가지고 있던 혼돈의 근원에 대한 욕망의 이유는 알 수 없었으나, 이 세상을 조금 더 겪고 싶다는 것은 틀림없는 검무희의 욕망이었다.

검무희는 바다를 보던 시선을 떼어 천천히 앞으로 날아갔다.

"검무희가 사라졌어요."

해리는 관자놀이를 누르던 손을 떼었다.

코끝 근처를 날아다니는 나비가 거슬린다. 손을 휘휘 저어 나비를 쫓아내 보지만, 나비는 조금 떨어졌다가 다시 해리의 근처에서 날개를 퍼덕거렸다.

"재밌으세요?"

눈썹을 찡그려 쏘아붙여 보지만, 몇 마리의 나비가 더해져 해리를 귀찮게 했다. 볼멘 표정을 지으며 손을 더 휘저어보지만, 나비는 사라지지 않는다.

결국, 해리는 저항을 포기하고 주저앉았다. 얼굴 근처를 떠돌던 나비들이 해리의 어깨 위에 앉았다.

"……내버려 두실 건가요?"

"그녀는 우리에게 아무런 피해도 주지 않아요."

하늘에 닿지 않을까 싶을 정도로 거대한 나무. 남자는 그 아래에 앉아 있다.

목소리는 남자의 것이지만 그의 얼굴은 남자라 생각되지 않을 정도로 아름다웠고, 곱슬거리는 연녹색 머리카락은 어깨와 등을 덮었다.

그 아름다움에서 그나마 이질적인 것을 꼽자면 양옆으로 길게 나온 두 귀였으나, 그 인외적인 귀마저도 남자의 아름다움의 일부였다.

"그녀가 무엇을 바라고 어비스에서 이 세상으로 나왔는지는 모르지만. 천존과 똑같습니다. 검무희가 무슨 일을 벌이든 우리에게는 아무런 문제도 일어나지 않을 겁니다."

하이로드가 금색 눈을 얇게 뜨며 웃었다. 그 평온한 어조에 해리는 입술을 삐죽 내밀었다.

하이로드가 저렇게 말하는 이상, 정말로 검무희가 뭔 짓을 하든 간에 이쪽의 문제로 이어지지는 않을 것이다. 하지만 그 평탄함이 그리 기분 좋지는 않았다. 그건 어디까지나 해리의 인격적인 문제였다.

“당신도 날뛰고 싶은 겁니까?”

하이로드가 입꼬리를 빙긋이 올리며 묻는다.

노골적으로 드러낸 표정 때문은 아니다. 애당초 하이로드를 상대로는 표정이나 마음을 숨기는 것은 무의미했다.

“……조금은요.”

“이해합니다. 해리, 당신을 사도로 삼고 벌써 2년이란 시간이 지났지만, 당신은 단 한 번도 마음껏 날뛰어본 적이 없었죠. 그런 힘을 가지게 되었는데 드러내지 못하고 있으니 욕구 불만인 것이 당연합니다.”

하이로드가 자애로운 미소를 지으며 말했다. 싱그러운 녹음이 내리쬐는 숲은 엘프인 하이로드와 더할 나위 없이 잘 어울렸다.

해리는 그런 하이로드를 보며 머리를 저었다.

“욕구 불만이라 할 정도로 대단한 것은 아니에요.”

“난 언제나 당신이 이해해 주는 것에 감사를 느끼고 있습니다.”

하이로드는 그렇게 말하면서 고개를 손끝을 까딱거렸다. 그러자 해리의 어깨에 앉아 있던 나비들이 일제히 날아 하이로드의 주변을 떠돌았다.

그걸 쳐다보던 해리가 넌지시 물었다.

"검무희를 내버려 두는 것에는 퓨어세인트도 같은 뜻인 건가요?"

"물론이죠. 그녀는 새로 알게 된 놀이에 흠뻑 빠져 있어요. 천존 때야 현자의 돌 때문에 굳이 나섰지만, 검무희에게는 얻을 것이 없습니다. 고작해야 눈 정도?"

"눈……?"

"네. 검무희의 눈은 특별합니다. 하지만 그녀를 죽인다고 해서 그 눈을 빼앗을 수 있는 것은 아닐 겁니다. 그 눈은 권능과는 전혀 다른 별개의 힘이에요."

만약 검무희를 죽여 그녀의 눈을 빼앗을 수 있다면, 하이로드와 퓨어세인트도 검무희를 내버려 두지는 않았을 것이다. 그러나 눈을 빼앗지 못하는 이상 굳이 검무희를 죽일 필요는 없다.

"그녀가 천존처럼 날뛰어준다면 가장 이상적인 일이고, 아무것도 하지 않는다고 해도 크게 나쁘지는 않습니다. '그런 존재'가 나와 있고, 토벌되지 않았다는 것만으로 인간들은 크고 작은 공포를 느끼게 되니까요."

손끝에 내리 앉은 나비를 보며 하이로드는 쿡쿡 웃었다.

"대단한 무신론자라도 극한의 절망과 공포 앞에서는 대부분 신을 찾는답니다. 백현, 그가 검무희를 놓쳐주어서 정말 다행입니다. 언제, 어디서 날뛸 것인가를 알지 못하는 이상, 인간들은 쭉 검무희의 존재를 두려워할 겁니다."

"……하지만 꽤 잘 싸우던데요. 혹시라도 그가 검무희를 찾아내어 죽인다면……."

"변하는 것은 없습니다. 그는 인간이니까요."

고민할 필요가 없는 대답이었다.

그 대답을 이해하지 못한 것은 해리였다.

"인간이라지만, 녀석의 힘이라면 만에 하나라도 검무희를 죽일 수도 있는 것 아닌가요?"

"내 말을 오해했군요. 그가 인간이라서, 약해서, 검무희를 죽일 수 없다는 것이 아닙니다. 그가 검무희를 죽이지 못해도, 그가 검무희에게 죽어도, 그가 검무희를 죽인다 해도."

하이로드의 손끝에 앉은 나비가 가루가 되어 흩날렸다.

"누군가는 결국 신을 찾을 겁니다. 검무희가 모습을 보이지 않는다면 섬기는 신께 제발 저 괴물을 물리쳐 달라고 청할 것이고, 검무희가 죽는다면 신께 감사를 드릴 겁니다. 백현이 죽는다면 보다 더 간절히 신을 찾겠죠."

그렇게 말하면서 피식피식 웃는다.

"물론 해리 당신이나 드레이브가 나서서 검무희를 토벌한다면 보다 빠르고 깔끔할지도 몰라요. 하지만…… 우리는 아직 그럴 준비가 되지 않았습니다."

준비라는 말에 해리는 말없이 고개를 끄덕거렸다.

해리는 자신의 힘을 과신하지는 않았다. 드레이브와 합공한다고 해도 고작 사도 둘의 힘이다. 천존을 상대로도 그리 고전을 했는데, 그보다 강하다는 검무희와 싸우게 된다면 사도 둘로서는 부족해도 한참이 부족했다.

하지만, 정말 하고자 한다면 못할 것도 없는 싸움이다. 하이로드와 퓨어세인트가 강신한다면 검무희를 죽이는 것은 쉽지는 않아도 불가능하지는 않다.

다만, 그렇게까지 할 필요가 없다. 아직 퓨어세인트와 하이로드는 비원을 위한 준비를 마치지 못했다.

"……알았어요. 더 토를 달지 않을게요."

"진정으로 이해하고 납득하는 것이 중요해요. 우리는 아직 전면에 나서서는 안 됩니다."

하이로드는 그렇게 말하면서 몸을 일으켰다. 그 많던 나비는 어느새 한 마리도 보이지 않았다.

"역천자가 천천히 마각을 드러내고 있는 이상, 우리는 아직까지는 관측자로 있어야 합니다. 그리고 마룡왕도 아직 건재하잖습니까?"

마룡왕의 이름이 나오자 해리는 꿀꺽 침을 삼켰다. 그를 대신해 버림패로 쓰였던 진 웨이가 마룡왕에게 어떤 죽음을 맞이하였는지는 해리도 잘 알고 있었다.

"……마룡왕은 어디에 있는 걸까요?"

조금의 불안을 담아 물어보자, 하이로드는 여전히 평온한 얼굴을 하고서 어깨를 으쓱거렸다.

“글쎄요. 어비스와 지구를 쭉 지켜보고 있지만, 마룡왕의 위치는 잡히지 않는군요. 하지만 크게 걱정할 필요는 없을 겁니다. 마룡왕은 당신의 존재를 몰라요. 하지만, 드레이브와 라이룽에 대해서는 알고 있죠.”

휘적휘적 걷던 하이로드가 해리의 곁을 지나쳤다.

해리가 뒤를 돌아본 순간, 숲이 사라졌다. 어느새 둘은 아늑한 방 한가운데에 있었다.

하이로드는 벽난로 안에서 타오르는 불꽃에 장작을 밀어 넣으며 말했다.

“그녀의 증오가 여전하다면, 용성군과 퓨어세인트를 노릴 겁니다. 진 웨이가 죽고서 꽤 시간이 흐르고도 그녀가 가만히 있다는 것은…… 좀 의외기는 하군요. 혹시 움직일 수 없는 상황이 되었을 수도 있겠어요.”

“움직일 수 없는 상황?”

“혹시 죽었을지도 모르죠.”

말은 그리하였지만, 하이로드는 그 말을 웃기지 않는 농담이라고 치부했다. 신격 중에서도 독보적이었던 마룡왕을 누가 죽일 수 있단 말인가? 군주가 직접 강림하지 않는 이상 그런 일은 절대로 일어나지 않을 것이다.

"어쩌면 상처를 입었을 수도 있고."

"……설마 역천자가?"

"그에게 그럴 전력은 없을 겁니다."

"헌드레드나 유계의 방랑자, 월드이터와 합공했을 수도 있잖아요?"

"마룡왕은 고고한 자존심을 가지고 있지만, 패배할 싸움에서 자존심을 세울 성격은 아닙니다. 불리하다 싶으면 주저 없이 후일을 기약하는 것이 마룡왕의 두려운 점이지요."

숙였던 몸을 일으킨 하이로드는 근처 책장의 앞으로 갔다. 그러고는 두꺼운 책 한 권을 꺼내든 뒤, 벽난로 앞의 안락의자에 앉아 허벅지 위에 담요를 덮었다.

느긋한 표정으로 책을 펼치는 그를 보면서, 해리는 징글맞다는 기분을 느꼈다.

"혹시. 백현의 근처를 감시하다 보면 위치엔드와 만날 수 있지 않을까요?"

해리는 혹시 모를 기대를 품고서 그렇게 물어보았다.

그 물음에 하이로드는 어깨를 들썩거리며 웃었다. 그의 시선은 여전히 책에 고정되어 있었다.

"그럴 수도 있겠지만, 하지 마세요. 백현의 감각을 속이는 것은 당신이라 해도 쉽지 않을 겁니다. 만약 정말로 위치엔드가 백현과 접촉한다면, 최악의 경우 오라클에 의해 당신의 존재가 위치엔드에게 알려질 수도 있어요."

기대는 당연한 배신으로 돌아왔다.

"내가 따로 부탁하기 전까지는, 드레이브와 함께 움직이도록 하세요."

"……미안해요, 하이로드."

너무 칭얼거리고 투덜거렸다는 생각에 해리는 어깨를 축 늘어뜨렸다. 그제서야 하이로드의 눈이 들렸다. 그는 시무룩한 해리의 얼굴을 보며 빙그레 웃었다.

"그렇게 말할 것 없습니다. 당신이 드레이브…… 아니, 퓨어세인트를 불쾌하게 생각한다는 것은 나도 잘 아니까요."

"……그게…… 싫은 건 아니에요. 그런데…… 좀 기분 나쁘다고 해야 하나……."

무인도에서 팔로워들을 제압했을 때의 드레이브를 떠올린다. 아니, 그곳에 있던 것은 드레이브가 아닌 퓨어세인트였다. 인간의 몸에 강신했던 그녀는 뭇 퓨어세인트의 신자들이 떠드는 신의 모습과는 너무나도 달랐다. 특히 그…….

해리의 눈썹이 찡그려졌다.

수백에 달하는 팔로워들의 머리에 이어졌던 시커먼 빛. 그 빛의 근원에서 피처럼 붉은 눈을 빛내며 웃던 퓨어세인트.

그녀의 권능에서 발해지는 빛은, 이 세상의 것이라 여겨지지 않을 정도로 불길했다.

“그리고 왜 이런 일을 하는 건지도 잘 모르겠어요. 팔로워를 도와서 우리는 무슨 이득을 얻을 수 있다는 거죠? 결국, 팔로워는 역천자를 위한 것 아닌가요?”

“결국 역천자와 우리가 바라는 것은 아주 크게 다르지 않은 겁니다.”

하이로드가 고개를 저었다.

다르지 않다, 그 말에 해리는 잠시 고민하다가 고개를 끄덕거렸다. 그는 몇 걸음 뒤로 물러서며 말했다.

“알았어요. 당신 말대로, 다른 짓 안 하고 드레이브를 돕도록 하죠. 기분 나쁘지만 뭐, 같은 편이니깐.”

“네.”

하이로드의 웃음을 보며 해리는 꾸벅 고개를 숙였다.

잠시 후 고개를 드니, 느긋한 얼굴로 책을 읽는 하이로드의 모습이 보였다.

해리는 몸을 돌려 닫혀 있는 방문을 열었다. 구불구불 이어진 나무 바닥의 복도가 보였다. 하지만 발을 뻗은 순간 그가 밟은 것은 삐걱거리는 나무 바닥이 아니었다.

당황하지 않고 더 걷는다. 방문을 밀어 닫으며, 슬쩍 뒤를 돌아보았다.

방 안의 풍경은 완전히 달라져 있었다. 아무것도 없는 공간에 거대한 뇌가 둥실 떠 있을 뿐이다.

“부탁하겠습니다.”

뇌가 하이로드의 목소리를 내며 해리를 배웅했다. 해리는 조금의 놀람이나 불쾌함을 느끼지 않고 문을 밀어 닫았다.

저게 바로 하이로드의 본신이다. 몸뚱이 없는 거대한 뇌. 한때 위대한 엘프의 선지자였던 그는, 수천 년 살아가는 엘프의 육체에 만족하지 못하고 저런 모습이 되는 것을 선택했다.

대뇌 피질의 꿈틀거림이 그대로 보이는 뇌가 본신이라지만, 해리는 하이로드를 조금도 불쾌하거나 역겹다고 생각하지 않았다. 그에게 있어서 하이로드는 섬기는 군주 이상의 존재였다.

‘비원에 대해서는 알려주지 않지만.’

그에 대해 물어보아도 언제나 빙긋 웃기만 할 뿐.

그게 서운하지는 않았다. 하이로드와 퓨어세인트가 함께 추구하는 것이 무엇인지는 모르지만, 자신의 역할을 수행함으로써 하이로드에게 보탬이 된다면. 그 불길하고 섬뜩한 퓨어세인트의 사도와도 얼마든지 붙어 있을 수 있다.

‘……절대 신은 아닐 거야.’

섬에서 보았던 퓨어세인트의 모습을 떠올리며, 해리는 바르르 몸을 떨었다.

하이로드는 아직 준비가 되지 않았다며 검무희의 토벌을 거절했지만, 아마 그 이유에는 퓨어세인트의 불길함도 한몫할 것이다.

검무희를 토벌하려면 반드시 퓨어세인트가 강신해야 할 텐데. 만약 그렇게 된다면, 인간이라면 누구나 그녀의 힘이 신답지 않고 비정상적임을 느낄 것이고, 퓨어세인트는 더 이상 자애로운 신이라 여겨지지 않을 것이다.

5장
로즈덤

마룡왕은 백현과의 싸움으로 그간 가지고 있던 모든 비늘을 잃었다.

백현이 마지막에 보여주었던 공격은, 그녀가 살아온 평생에서도 손에 꼽을 만큼이나 강력했다.

단순한 위력적인 면만 꼽아도 그랬는데, '피할 수 없었던 것'까지 감안한다면, 겪은 공격 중 최고라 할 만했다.

죽을 뻔했다. 급히 본체로 돌아가지 않았더라면 진짜로 죽었을 것이고, 그렇게까지 했음에도 그간 가지고 있던 모든 비늘을 잃었다. 하지만 뿌리는 남았다.

뿌리는 용이 살아온 역사다. 용이 겪는 세월과 겪어온 경험에 따라 비늘은 보다 강인해진다.

백현과의 싸움은 마룡왕이 가지고 있던 모든 비늘을 잃게 하였지만, 그 싸움으로 인해 더 강인한 비늘이 새로이 돋게 되었다.

몇 달의 시간 동안, 마룡왕은 용곡을 떠나 있었다.

그녀는 오만하지만 어리석지는 않았다. 용곡이라는 장소가 노출되었고, 자신은 비늘을 잃어 약해졌다. 그녀를 노리는 적들이 이때를 노리고 공격해 온다면 귀찮다.

물론 마룡왕은 비늘이 없다고 해도 사도 따위에게 함락될 존재가 아니었지만, 불리한 조건을 끌어안고 싸울 필요가 어디에 있단 말인가? 때문에 용곡을 떠나 정착한 새로운 거처에서 몇 달의 시간을 보냈다.

잃었던 비늘은 새롭게 돋아났다. 하지만 마룡왕은 그것으로 만족하지 않았다.

강인한 비늘이라고 해도 어디까지나 방어적인 수단에 지나지 않는다. 그때의 공격. 또다시 겪게 된다면 지난번처럼 당하지는 않겠지만, 그 공격의 위력은 감탄을 전하기에 부족하지 않았다.

비늘이 돋아나는 시간 동안, 마룡왕은 자기 자신을 되돌아보았다. 살아온 시간. 경험. 아주 많은 싸움. 죽을 뻔했던 경험들. 나를 죽일 수 있던 공격들.

차라락.

틈 없는 비늘이 마룡왕의 몸을 뒤덮었다. 비늘은 전부 돋았다. 마음의 수양도 재미를 보았다.

예전과 같은 강력한 신력과 신격은 상실했지만, 마룡왕은 지금이야말로 자신의 전성기라고 확신했다.

"죽지는 않은 모양이오."

몸을 뒤덮은 비늘이 사라진다. 마룡왕은 가슴 중앙을 손끝으로 어루만지며 중얼거렸다. 눈으로 보이지는 않지만, 뽀얀 피부 아래에 비늘의 뿌리가 있었다.

마룡왕은 백현에게 친애와 경의의 의미로서 뿌리의 비늘 하나를 선물해 주었다. 그 비늘은 마룡왕이 아닌, 다른 적들의 치명적인 공격에서 백현을 한 번 보호해 준다.

마룡왕은 백현이 누구와 싸웠는지는 모른다. 하지만 자신이 건넸던 비늘이 사용될 뻔했다는 것은 알 수 있었다.

만약 그 누군지 모를 적의 공격이 조금만 더 강했더라면, 비늘은 백현의 목숨을 지키기 위해 발동되었을 것이다.

'누구지?'

마룡왕은 가슴을 더듬던 손을 내려놓으며 눈을 찡그렸다.

백현이 얼마나 강한지는 마룡왕이 가장 잘 알고 있었다. 인간, 사도 중에서 백현을 위협할 만한 상대는 없다.

그렇다면 그를 몰아붙인 것은 군주인가? 아니면 역천자가 이끄는 타락한 신격들일까.

어쩌면…….

'검무희?'

그녀라면 자격은 차고 넘친다. 하지만 왜? 납득이 가지 않는 것은 이유 쪽이고. 마룡왕은 혀를 차며 몸을 일으켰다.

마룡왕이 아는 한 검무희와 백현이 서로 죽이려 들 이유 같은 것은 존재하지 않았다.

만약 검무희가 백현을 죽인다면.

마룡왕은 깊은 굴속에서 바깥과 이어지는 통로를 천천히 걸었다.

그리 상상하고 싶지 않은 일이었다. 만약 백현이 죽어야 한다면, 그 죽음은 마룡왕 본인이 집행해야만 했다. 그녀는 백현이 다른 신격의 손에 죽는 것을 원치 않았다.

검무희가 백현을 죽인다면.

'어떤 감정을 느낄까.'

어쩌면 검무희를 죽이려 들지도 모르지. 그 역시 내키지 않는 일이었지만, 마룡왕의 표정은 무덤덤했다.

[거의 다 왔어.]

봉제 인형이 설렘이 가득 담긴 목소리로 말했다. 참 오래도 걸렸다. 그간 이런저런 사고가 많았기 때문이다.

하지만 명확한 목표가 잡혔으니, 더 이상 여정을 지체할 수는 없었다.

동쪽으로 쭉. 꽤 많은 거주 구역을 지나, 백현 일행은 흑장미여왕의 영지를 목전에 두게 되었다.

어깨에 봉제 인형을 올려놓은 샤나크는 봉제 인형의 보챔에 쉬지 않고 앞으로 향하고 있었고, 그 뒤를 사라와 백현이 따랐다.

서민식은 오지 않았다. 꽤 오랫동안 어비스에 오지 않았기에, 전투의 감도 잃었고 여정에서 자신이 큰 도움이 되지 않는다는 것이 오지 않은 이유였다.

호센의 모습을 한 특수한 정령을 다루는 서민식은, 그보다 레벨이 훨씬 높은 다른 헌터들보다 강하다. 그렇다고는 해도 아직은 헌터, 인간 수준이다. 서민식은 백현의 발목을 잡고 싶지 않았다.

"따로 뭐 조심해야 할 건 없어요?"

백현은 뒤집어쓴 로브의 후드를 넘기며 물었다.

눈 가리고 아웅 하는 격이지만, 바깥 세계에서 백현은 검무희와의 싸움에 부상을 입은 것으로 알려져 있다. 덕분에 그는 콜롬비아에서 사용했던 아티펙트를 써서, 본래의 것과 전혀 다른 얼굴을 하고 있었다.

[음, 으음. ……어느 정도 예의를 차리는 것이 좋겠지? 그래도 한때 대마왕이라 불리던 존재니까 말이야.]

"제가 잘하는 거네요."

[……그건 아니라고 생각하지만 말이야. 그래도 뭐, 좀 싸가지 없이 굴어도 흑장미여왕은 네게 화를 내진 않을 거야. 나도 같이 있고, 널 만나고 싶어서 초청까지 했으니까.]

오히려 조심해야 할 건 사라였다.

백현은 뚱한 얼굴로 자신의 곁을 따라오는 사라를 쳐다보았다. 흑장미여왕의 영지에 가까워질수록, 그녀의 표정은 천천히 썩어갔다. 대단찮은 이유였다.

흑장미여왕. 신명만 들어보아도 여자였고, 백현이 어비스에 온 처음부터 러브 콜을 보낸 당사자다.

가뜩이나 주변에 존재의 격을 망라하고 여자가 득실거리는데, 만만찮은 경쟁자가 또 추가되는 것이 기분 좋을 리가 없었다.

[그러니 먼저 도장을 찍어놔야 하는 겁니다.]

사라의 머릿속에 대고 아프라스가 혀를 차며 말했다. 사라는 입술을 삐죽 내밀 뿐 반박하지 않았다.

말은 쉽지, 그걸 행동으로 이행하기 위해서는 대단한 용기가 필요한 법이다.

"그런데, 어디에 있다는 거예요?"

백현은 샤나크의 등을 쳐다보며 투덜거렸다.

그들은 아까부터 한참 동안 험준한 산을 타고 있었다. 몬스터가 득실거리는 곳이지만, 위압감 섞인 살기를 흘려내니 머리 나쁜 몬스터라도 겁을 먹어 덤벼오지 않고 있었다.

산세가 아무리 험하다고 해도 셋은 땀 한 방울 흘리지 않는다. 단지, 다 왔다고 한 주제에 언제까지 이렇게 산을 올라야 하는지 답답할 뿐이었다.

[으으음…… 내가 전해 들은 위치는 이쪽인데.]

봉제 인형이 중얼거렸다.

본래 성역이란 좌표가 정확히 지정된 것이 아니다. 지역 하나를 통째로 성역으로 삼는 경우가 대부분이고, 그 지역 안에 들어온다면 성역으로 초대하는 문을 열 수 있다. 재생의 뱀의 사굴이나 퓨어세인트의 성역도 그랬었다.

이 산에 정말로 흑장미여왕의 성역이 있다면. 귀찮은 탐색을 할 필요 없이 흑장미여왕의 바람에 따라 성역으로 들어가는 문이 나타나야만 했다.

"뭔가 문제라도 생긴 것 아니에요?"

[……아냐, 그럴 리는 없어.]

그렇게 말하며 부정했지만, 그다지 확신이 실린 목소리는 아니었다.

그녀는 샤나크의 어깨 위에서 내려와 직접 비행에 나섰다. 마음이 급한 것인지 나는 속도가 빨랐다.

[……저기야.]

한참 이어진 이동이 멈추었다. 봉제 인형은 우두커니 서서 팔을 뻗어 앞을 가리켰다.

그건 기묘한 광경이었다. 높다란 나무와 수풀이 우거진 곳에, 한 귀퉁이만이 메말라 있었다.

백현은 그것을 보며 고개를 갸웃거렸다. 심안을 떠서 다시 보았다. 그러나 더욱 알 수가 없었다.

어비스는 본래 혼돈의 흐름이 가득한 곳이지만, 저곳은 이상하리만치 흐름이 난폭하게 얽혀 있었다.

"말라 죽어가고 있군."

샤나크가 중얼거렸다.

봉제 인형은 잠깐 머뭇거리다가, 메마른 수풀 위로 날아갔다. 그러자 심안에 보이는 흐름이 더욱 난폭해졌다.

말릴 틈도 없이 흐름이 변화했다. 난폭하기 짝이 없는 흐름이 쩍하고 갈라졌다. 그건 심안으로만 포착할 수 있는 변화가 아니었다. 실제로 공간은 갈라졌다.

봉제 인형은 당황하지 않았다. 그녀는 살짝 뒤로 물러서서 갈라진 공간을 쳐다보았다.

그 너머에서 무언가가 아른거렸다. 그녀는 잠시 그것을 쳐다보다가 백현을 돌아보았다.

[맞게 찾아온 모양이야.]

백현은 고개를 끄덕거리고서 뒤를 돌아보았다.

"같이 갈 거야?"

"왜 당연한 걸 물어봐?"

사라가 되물었다.

백현은 쓰게 웃으면서 입술을 손가락으로 두드렸다.

"어떤 성격인지 모르니까, 너무 싸가지 없이 굴면 안 돼. 알았지?"

"사람을 대체 뭐로 보는 거야?"

사라가 입술을 삐죽거리며 투덜거렸다.

사라가 곁에 다가오자, 백현은 손을 뻗어 그녀의 손목을 잡았다. 그러자 사라가 화들짝 놀라 백현을 쳐다보았다.

"어떻게 될지 모르니까 내 곁에 찰싹 붙어 있어."

"어, 어어……. 으, 응."

갑작스러운 스킨십에 당황해 버렸다. 질투심으로 부글부글 끓던 속이 대번에 식었다.

사라는 새빨개진 얼굴을 푹 숙이고서 백현과 함께 걸었다.

[부러운 청춘이구나.]

봉제 인형이 그걸 보며 중얼거렸다. 그녀는 혹시나 싶은 기대를 담아 샤나크를 쳐다보았지만, 샤나크는 심드렁한 얼굴로 열린 공간만을 바라볼 뿐이었다.

봉제 인형은 한숨을 푹 내쉬며 먼저 앞으로 나아갔다.

[먼저 들어갈게.]

공간 너머로 나아간 봉제 인형의 모습이 사라졌다. 그 뒤로 나머지 일행이 그 길을 지났다.

신격의 성역에 들어오는 것은 이번이 벌써 네 번째다.

퓨어세인트의 천국. 무령의 철혈궁. 재생의 뱀의 사굴. 그 세 개의 성역은 모두 형태가 달랐지만, 공통점은 있었다. 신격을 상징한다는 것과, 많은 권속이 살아가고 있다는 것. 넓다는 것.

하지만 흑장미여왕의 영지는.

"……저거예요?"

이상한 밤이다. 어둡지만, 잘 보인다. 하늘은 검지만 어둡지 않았다. 꼭 검게 채운 배경에 다른 색으로 그림을 그려놓은 것만 같았다.

백현은 눈을 끔벅거리며 눈앞에 있는 '성'을 보았다.

성은 간신히 형태만 유지하고 있었다. 웅장함 따위는 전혀 없었다. 높다란 성탑들은 죄다 부서져 있었다. 누군가가 파괴한 것이 아니라, 관리가 되지 않아 자연히 무너진 것처럼 보였다.

성벽도 마찬가지였다. 군데군데 벽돌이 빠져서 구멍투성이에, 몇 번 두드리면 폭삭 주저앉을 것 같다. 굳건해야 할 성문은 아예 박살 나 있었다.

결정적으로. 이 공간은 '좁았다.' 성 하나와 조금의 여유 공간. 그것이 이 성역이 가진 크기의 전부였다. 신격들에게 하찮다고 무시당하던 무령의 철혈궁이 이 영지보다 몇십 배는 넓을 것이다.

[……]

악몽의 결정자는 아무런 말도 하지 않았다. 그녀는 공중에 우두커니 서서 성을 바라보았다. 신격인 그녀는 이 성역이 어떤 상태인지 큰 고민 없이 알 수 있었다.

성역은 신격의 힘을 나타낸다. 강대한 신격일수록 거대한 성역을 갖고, 약한 신격일수록 초라한 성역을 갖는다.

특히 저 성. 마계에서 가장 아름답다던 흑장미여왕의 '로즈덤'이 저렇게 처참한 모습이 되어버리다니!

"마중을 나가지 못한 점, 죄송합니다."

목소리가 들린 것은 부서진 성문 너머였다.

늑대 한 마리가 천천히 성문 바깥으로 걸어 나왔다. 직접 본 것은 처음이지만, 백현은 저 늑대를 알고 있었다.

연리운, 무령이 보여주었기 때문이다. 흑장미여왕이 거느린 권속 중 하나. 무령은 저 늑대를 '번견'이라고 말했다.

하지만 번견의 모습은 무령이 보여주었던 것과는 사뭇 달랐다. 여전히 크기는 했지만, 그 크기가 반의반도 되지 않을 만큼 줄어 있었고, 털도 푸석거려 쉽게 끊어지고 뽑힐 것 같았다.

그나마 눈빛은 형형했지만, 번견이 예전과 비교되지 않을 정도로 약해진 것은 틀림없었다.

[……무슨 일이 있었던 거야? 아니, 그것보다. 흑장미여왕은 어디에 있어?]

봉제 인형이 번견을 쳐다보며 물었다. 번견은 인형의 안에 있는 악몽의 결정자에게 깊이 머리를 조아렸다.

"여왕님은 침실에 계십니다. 직접 마중을 나오고 싶다 하셨지만……. 지금의 여왕님은 몸을 움직이는 것조차도 쉽지 않으십니다."

[맙소사.]

봉제 인형이 공중에서 몸을 휘청였다.

흑장미여왕의 신변에 무슨 일이 생겼다는 것은 알았지만, 설마 이렇게까지 심각할 줄은 몰랐다. 침실에서 움직이는 것조차 힘들 정도라니!

침울함에 휘청거렸던 봉제 인형은 급히 몸을 바로 했다.

[안내해 줘.]

"예."

재촉하는 말에 번견이 머리를 깊이 조아렸다. 그러다가 다시 고개를 들었을 때, 번견의 눈은 백현을 보고 있었다.

그는 백현에게도 한 번 고개를 숙인 뒤 몸을 돌렸다.

'정확히 무슨 일이 있었던 거예요?'

번견의 뒤를 따라가면서, 봉제 인형에게 물어보았다. 어깨를 축 늘어뜨리고서 비행하던 봉제 인형이 백현의 눈높이로 내려왔다.

[……나도 많은 것을 아는 건 아니야. 단지, 그녀의 신변에 심각한 문제가 생겼고, 최근 몇 년 동안 그 문제를 수습하기 위해 정양하고 있다고 들었어.]

'그 문제가 뭔지는 모르고?'

[응. 흑장미여왕도 그것에 대해서는 내게 알려주지 않았거든. ……내가 너에게 처음 흑장미여왕에 대해 이야기했을 때를 기억해?]

기억한다. 샤나크가 처음 한국에 오고, 악몽의 결정자에게 혼돈의 사도냐는 추궁을 들었을 때다.

함께 흑장미여왕의 영지에 가달라는 부탁을 들었을 때, 백현은 봉제 인형에게 여러 가지 질문을 했었다.

악몽의 결정자는 흑장미여왕의 오랜 친구였고, 흑장미여왕에게 이용당하는 관계는 아니다.

흑장미여왕에게 무슨 일이 일어났는지는 말할 수 없고, 그 침묵의 이유는 말할 수 없으며, 아마 그건 악몽의 결정자가 스스로 한 맹세 때문이었다.

[네가 여기까지 왔으니, 나도 말할 수 있게 되었어. 응, 그때의 난 흑장미여왕을 위해, 그녀의 상태에 대해 누구에게도 말하지 않겠다는 맹세를 했었지. 하지만 나조차도 흑장미여왕에

게 정확히 '무슨 일'이 일어났던 것인지는 몰랐던 거야.]

봉제 인형의 말을 들으며 주변을 살핀다. 성문 너머의 정원은 모조리 죽어 있었다. 한때는 꽃이 아름답게 피어 있지 않았을까 싶지만, 지금은 피어 있는 꽃 한 송이 없이 죽음이 즐비했다.

[난 여기 와본 적이 있어.]

백현의 어깨에 앉은 봉제 인형이 중얼거렸다.

[이 성, 로즈덤은 마계에서도 가장 아름답기로 유명했던 성이야. 주인의 신명은 흑장미여왕이지만, 로즈덤의 정원은 다양한 장미가 어우러져 아름다웠지.]

'지금은 빈말로라도 아름답다는 말은 못 하겠네요.'

[……응, 그렇지. 도대체 왜 이렇게까지 된 건지 모르겠어. 권속들이 내버려 두었을 리도 없고, 성도…… 그렇고. 어비스에서도 로즈덤에 왔었지만, 그때도 여전히 정원과 성은 아름다웠거든.]

몇 년 사이에 이렇게나 처참한 모습으로 변했다는 말이다.

번견의 안내에 따라 정원을 가로지르고, 성으로 들어가는 문 앞에서 잠시 멈추었다. 그 문은 성문처럼 박살 나지는 않았지만, 쉽게 부서질 것처럼 허름한 것은 성의 외관과 마찬가지였다.

"전 여기까지입니다."

번견이 머리를 숙이며 말했다. 그리고 그를 대신할 안내자가 성문을 열었다.

백현이 무령의 기억에서 보았던 권속은 번견뿐이었지만, 새로운 안내자는 그 모습에서부터 자신이 누구인지를 드러내고 있었다.

"방문해 주셔서 감사합니다."

흑장미여왕의 세 권속 중 하나인 '기사'. 그는 이름대로 전신을 검은 갑옷으로 감싸고 있었다. 얼굴조차도 투구로 가려 보이지 않았지만, 안면 가리개의 눈구멍 안쪽에서 일렁거리는 안광은 평범해 보이지 않았다.

'꽤 세겠는데.'

군주들의 권속 중에서도 무령, 연리운은 가장 강하다는 평가를 들었다고 했다. 그런 연리운이 전력을 다해도 쉽지 않았던 상대. 즉, 예전 연리운과 처음 싸웠을 때의 백현만큼은 강하단 뜻이다.

물론 지금은 아니다. 고작해야 일 년도 흐르지 않았지만, 백현의 힘은 연리운과 싸웠을 당시보다 몇 보나 진보했다.

봉제 인형과 인사를 나눈 기사가 백현을 쳐다보았다. 그는 한쪽 무릎을 꿇으며 고개를 깊이 숙였다.

"이곳까지 와달라 한 부탁이 경우 없는 무례한 부탁이었음을 압니다. 와주셔서…… 정말 감사합니다."

예의가 가득했다. 봉제 인형과 함께 있어서가 아니라, 진심으로 백현의 방문을 감사하게 여기기 때문인 듯했다.

그 과한 예의에 백현은 고개를 저었다.

"바로 온 것도 아닌데, 그렇게까지 하실 필요는 없어요."

"아닙니다. 아주 늦게 오지 않으셨으니 충분합니다."

유명한 대마왕이었다고 해서 무언가 검은 속내가 있는 것이 아닐까 걱정했는데, 권속들의 태도에는 숨길 수 없는 간절함이 깃들어 있었다.

그쯤 되니 궁금해진다. 도대체 흑장미여왕에게 무슨 일이 있었고, 왜 그녀는 백현과의 만남을 바랐던 걸까.

성의 내부는 바깥만큼은 아니었지만 처참했다. 갈라진 벽, 부서진 조각과 찢겨진 그림들. 자체적으로 보수 공사는 할 수 없었던 걸까.

[성역의 모습은 신격의 힘을 비추는 거울이니까.]

악몽의 결정자가 중얼거렸다.

[고치지 않는 것이 아니라, 고칠 수 없는 거야. 신격이 약해진 상태라면 성역을 고치는 것은 무의미해. 금세 망가져 버리거든.]

높은 계단을 오르는 것이 끝나고, 성 최상층의 복도에 도착했다. 허름한 복도를 걸을 때마다 삐걱거리는 소리가 난다.

그 소리는 앞서 걷는 기사의 갑옷이 철컥거리는 소리와 섞였다. 유일한 조명인 촛불들이 바람도 불지 않는데 흔들거리고, 소리까지 그러니 꼭 무언가 일어날 것 같은 음산함이 느껴졌다.

훅.

무언가 일어나기는 했지만, 놀랄 만한 일은 아니었다. 아무도 없던 복도의 끝에서 누군가가 벽이 만드는 그림자 속에서 솟구쳐 나타났다. 마지막 남은 권속인 '하녀'.

사용인의 복장을 한 하녀는 손목에 열쇠고리를 걸고 있었다. 하녀는 그림자 속에서 걸어 나와 배에 양손을 붙이고 고개를 숙였다.

번견과 기사가 했던 것과 같은 인사가 지나고, 기사는 왔던 복도를 되돌아갔다. 하녀는 새로운 안내자가 되어 일행을 안내했다.

하녀는 손목의 열쇠고리 중 검은 열쇠를 골라잡았다. 복도의 끝을 가로막은 벽에 문은 없었지만, 그녀는 망설이지 않고서 벽에 열쇠를 밀어 넣었다.

"여왕님."

열쇠가 반바퀴 돌자 벽에 문이 나타났다.

"손님들이 오셨습니다."

천천히 문이 열리고 먼저 들어간 하녀가 조용한 목소리로 그를 전했다.

방 안의 풍경은 이전까지 보았던 풍경들과 사뭇 달랐다. 이 허름하고 음산한 성에서 그나마 정상적인 모습을 가진 것이 바로 이 방, 침실이었다.

열 명은 우습게 누워도 될 것 같은 거대한 침대는 얇은 장막에 가려져 있었다.

침실에는 꽃 한 송이 없는데 은은한 장미 향이 감돌았다. 향수라도 뿌린 걸까 싶었는데 그런 인위적인 느낌은 나지 않았다.

장막 너머에서 누군가의 모습이 보인다. 직전까지 침대에 누워 있던 여자가 천천히 몸을 일으키고 있었다.

느릿한 동작은 여유 때문이 아니었다. 그저, 몸을 일으키는 것조차 힘들어 보였다.

"무례하다 생각하지 말아주시길."

힘없는 목소리였다. 아직 보이지 않는 흑장미여왕이 하녀를 향해 손을 까딱거렸다.

하녀는 잠시 망설였지만, 흑장미여왕의 부름에 마음을 다잡았다.

침대에 가까이 다가간 하녀가 장막을 거두었다.

[아…….]

봉제 인형이 탄식을 흘렸다.

커다란 침대의 중앙에 힘없이 앉은 흑장미여왕은, 죽어가는 병자와 같은 모습을 하고 있었다.

손짓 몇 번으로 무령을 구멍투성이로 만들었던, 한때 마계에 군림했던 대마왕. 그 화려한 과거를 떠올릴 수 없이, 너무나도 약해진 모습이었다.

무령의 기억에서 보았던 그녀는 풍성한 털옷을 걸치고 있었지만, 지금의 흑장미여왕은 얇은 란제리에 어깨에 케이프를 두르고 있었다.

팔다리를 휘감은 가시넝쿨은 건재했지만 그다지 위협적으로 느껴지지 않았다. 지금의 흑장미여왕은 백현이 보고 겪은 군주 중 제일이라 할 정도로 약해 보였다.

"이제야 만나게 되는군요."

흑장미여왕이 눈을 깜박거리며 백현을 응시했다. 눈 밑의 진한 다크서클이 그녀를 더욱 병약해 보이게 만들고 있었다.

"그러게요. 내가 너무 늦게 온 것은 아니죠?"

"아닙니다. 늦지도 빠르지도 않아요."

흑장미여왕이 잔잔한 미소를 지으며 말했다.

"당신에게 처음 이 성에 와달라고 했을 때. 나는 너무 성급했습니다. 만약 당신이 내 부탁으로 바로 이 성에 와주었다면 굉장히 난감했을 겁니다."

"왜요?"

"보여주고 싶지 않은 모습을 보여주게 되었을 테니까요."

그 말을 이해할 수가 없었다. 지금도 충분히 보여주고 싶지 않은 모습이 아닌가?

고개를 갸웃거리는 백현을 대신해, 악몽의 결정자가 앞으로 나섰다.

[여왕.]

"이엘. 아주 귀여운 모습을 하고 있군요."

다가오는 봉제 인형을 보며 흑장미여왕이 웃는 얼굴로 양팔을 벌렸다.

이엘. 악몽의 결정자가 신격이 되기 전, 인간이었을 적의 이름이다.

오랜만에 듣는 그 이름에 봉제 인형의 몸이 움찔 떨렸다. 인간을 초월하고서 수백 년이 흐른 지금, 그녀를 저 이름으로 부르는 것은 흑장미여왕뿐이었다.

[……어쩔 수 없어. 본신으로 이곳에 올 수는 없으니까. 그보다, 여왕.]

"서로 그렇게 거리를 두어 부를 사이는 아니라고 생각했는데. 내 착각이었나요?"

짐짓 서운하다는 투로 말하지만, 진심처럼 보이지는 않았다. 하긴, 악몽의 결정자가 인간이었을 적부터 알고 지냈다면 수백 년은 우스운 인연일 것이다.

[……세라스.]

봉제 인형이 긴 한숨을 내쉬었다.

[도대체…… 무슨 일이 있었던 거야? 고작 몇 년 사이에 왜 로즈덤이, 아니, 네가 이렇게 되어버린 거야?]

그 질문에 고개를 숙이고 있던 하녀의 어깨가 바르르 떨렸다. 필연적인 질문이었다. 여기까지 찾아와 만나게 된 이상, 저 질문에 대한 답은 들어야 했다.

예상했던 질문이기에 흑장미여왕은 당황하지 않았다. 단지 짓고 있는 미소가 조금 바뀌었다. 이미 저질러 버린 과거에 대한 회한이 섞인 미소였다.

"그릇에 맞지 않는 힘을 탐했기 때문입니다."

흑장미여왕은 천천히 말했다.

그녀는 느릿하게 어깨를 비틀었다. 고혹적인 몸짓이었으나 유혹을 의도한 것은 아니었다. 단지, 저 자그마한 동작을 행하는 것조차 벅찼기 때문이다.

흑장미여왕의 어깨를 덮고 있던 케이프가 흘러내린다. 그것을 본 하녀가 숨을 삼키며 앞으로 나섰지만, 흑장미여왕은 고개를 저으며 손을 뻗었다.

"여왕님."

"괜찮습니다. 납득을 위해서는 보여주어야만 해요."

하녀가 아랫입술을 잘근 씹었다.

침대 위에 선 봉제 인형은 말없이 흑장미여왕을 지켜보았다. 백현도 흑장미여왕에게 시선을 집중했다.

아까부터 쭉. 흑장미여왕을 마주했을 때부터. 백현은 이상한 기분을 느끼고 있었다. 꺼림칙하고 불길한…… 그런 주제에 뭔가 낯설지 않다. 한 번, 아니, 여러 번 겪어본 것 같은 기분.

가끔 그럴 때가 있다. 분명 알고 있는데, 오랜 시간이 흘러 많은 기억 속에 파묻힌. 그런 것을 우연찮게 마주했을 때, 낯설지 않으면서 명확하지 않은 그런 기분을 느낀다. 백현에게 그 기분을 전해주고 있는 것은 흑장미여왕이었다.

눈으로는 알 수 없어 심안을 떴다. 그러나 심안으로 보려 한 순간, 백현은 자신도 모르게 몇 걸음 뒤로 물러섰다.

속이 뒤흔들려 역겹다. 머리가 지끈거리고 심장이 욱신거린다. 주룩 흐른 코피가 입술을 뜨겁게 적신다.

보려 했으나 볼 수 없다. 흑장미여왕에게는 뭔지 모를 끔찍함이 공존하고 있었다.

"무리해서 보려 하지 마세요."

천천히 몸을 움직이던 흑장미여왕이 백현을 향해 말했다. 줄줄 흐르는 코피를 손등으로 훔치던 백현은 슬쩍 시선을 들어 흑장미여왕을 보았다.

"내가 보는 것을 알고 계시나요?"

"당신과 만나는 것은 이번이 처음이지만, 난 당신의 눈은 알고 있습니다. 검무희와 같은 눈이죠. 당신과 검무희가 그 눈을 무어라 부르는지는 모르겠으나, 난 그와 같은 눈을 겪어본 적이 있습니다."

"검무희와 싸웠었나요?"

"아뇨."

흑장미여왕이 피식 웃으며 고개를 저었다.

"대마계의 주인이 그 눈을 가지고 있었습니다. 그는 자신의 눈을 '아고르'라고 말했지요. 그 전능한 눈으로, 대마계의 주인은 드넓은 마계를 모조리 살필 수 있었습니다."

대마계의 주인. 마신을 말하는 것이다.

봉제 인형이 놀란 기색을 보였고, 백현도 적잖게 당황했다.

검령이 우자에게, 우자가 백현에게 전해주었던 심안이 마신과 닮았다니.

[마, 마신의 눈이 저런 것이라고는 난 들은 적이 없어.]

"당연히 그럴 겁니다. 나조차도 마신에게 도전하던 중, 그의 입에서 직접 들었으니까요."

선계에서 만났던 명공은 마족과 인간의 혼혈이었다. 그가 우자의 심안을 두고서 별말을 하지 않았던 것을 보면, 마신은 자신이 가지고 있는 아고르를 철저히 숨기고 있는 것 같았다.

"……그렇다면 이 눈의 기원이 마신인 건가요?"

"글쎄요. 그것까지는 저도 모릅니다. 마신의 아고르는 당신과 검무희가 가진 눈과 같았지만, 그게 전부가 아니었습니다."

케이프가 흘러내려 왔다. 한때 마계의 대마왕으로 군림했던 흑장미여왕의 어깨는 그 영광스러운 과거를 떠올릴 수 없을 만큼 가냘팠다.

"마신은 아고르 말고 수많은 마안(魔眼)을 가지고 있었습니다. 그들 모두가 하나만 지녀도 한 차원의 패자로 군림하게 되기에 부족하지 않은 눈이었고, 그중에서 특히 나를 힘들게 했던 것이 아고르였습니다. 때문에 난 검무희의 눈을 처음 알게 되었을 때, 그녀가 마신의 권속이 아닐까 의심했었습니다. 하지만 내가 느낀 바로는, 검무희는 마신과 연관되어 있지 않았습니다."

백현은 그것을 내심 다행이라고 생각했다. 건너 건너 받은 것이라고 해도, 유용하게 써먹는 심안이 마신에게서 비롯된 것이라면 꺼림칙하다.

"당신의 눈은 마신은 물론이고 검무희보다도 어둡습니다. 그 눈으로 나를 꿰뚫어 보려 하지 마세요. 내가 불쾌해서가 아니라, 당신을 위해서 하는 말입니다."

어깨가 움직인다. 흑장미여왕은 힘겨운 한숨을 흘리며 란제리의 어깨끈을 잡았다. 하녀가 눈을 질끈 감고 고개를 돌렸다.

"마신은 모를 일이지만, 당신보다 밝은 눈을 가진 검무희도 날 감히 꿰뚫어 보려 해서는 안 될 겁니다."

란제리가 내려온다.

이후 벌어질 일에 얼굴을 새빨갛게 붉힌 사라가 후다닥 움직여 백현의 두 눈을 가리려 들었다.

아직 사라 본인도 보여주지 않은 맨가슴이다. 사라는 두 눈이 뽑히거나 터지지 않는 한, 자신이 보고 있는 중에 백현이 외간 여자의 가슴을 보게 할 생각이 추호도 없었다.

그건 어디까지나 사라의 사정이었다. 백현은 눈을 가리려 드는 손을 피하고 붙잡았다. 사라가 왜 이러는지는 알 수 없었지만, 흑장미여왕의 몸에 벌어진 일을 보고 싶었다.

"보이지 않는 것을 굳이 보게 해주는 그 눈으로 이걸 보면."

눈앞에서 벌어진 촌극에도 흑장미여왕의 표정은 미동도 없었다. 그녀는 여전한 후회를 담은 눈으로, 자신의 몸을 내려 보았다.

"보인 것을 이해하기도 전에 삼켜질 겁니다."

기분이 나쁘다.

샤나크의 눈썹이 일그러졌다. 그는 손을 들어 자신의 입을 틀어막았다.

죽음을 이해하고 다루는 것이 네크로맨서다. 샤나크는 그 흑마법으로 신격에 도달한 악몽의 결정자의 사도였지만, 흑장미여왕이 보여준 것은 그가 겪고 알아간 모든 죽음보다 끔찍하고 역겨웠다.

그런 기분을 느끼는 것은 사라도 마찬가지였다. 발끈해 백현에게 뭐라 쏘아붙이려 했던 사라는, 그 자리에 우두커니 서서 흑장미여왕이 보여준 것을 바라보았다.

붉어졌던 얼굴에 핏기가 싹 가셔 창백하게 변한다. 초점을 잃어가는 눈이 흔들리며 입술이 천천히 벌어졌다.

백현은 급히 사라를 붙잡아 품에 끌어당겨서 안았다. 백현의 품 안에서 정신을 차린 사라가 놀란 소리를 냈다.

이해하기도 전에 삼켜진다.

그 말대로였다. 그냥 '보는 것'만으로도 이렇게 되는데, 보이지 않고 볼 필요가 없는 것을 보게 해주는 심안이라면. 의식 없이 깊은 곳을 보아 삼켜질 것이 자명했다.

흑장미여왕이 보여준 것.

그녀의 몸은 쇄골 아래부터 검었다. 아주, 아주 검었다. 얼핏 보면 검은색 잉크를 가슴과 배까지 칠해놓은 것 같았지만, 몸을 뒤덮은 어둠은 굴곡까지 모조리 삼킨 모습이었다. 마치 공간 자체가 어둠이 되어 그녀의 몸을 좀먹고 있는 것 같았다.

[……그게…… 대체 뭐야?]

악몽의 결정자가 더듬거리는 목소리로 물었다. 어느새 인형의 몸에는 악몽의 결정자의 주된 자아가 내려와 있었다.

경악스러운 시선과 질문에 흑장미여왕은 씁쓸한 미소를 지었다.

“이미 알고 있으면서, 왜 짓궂게 묻는 건가요?”

흑장미여왕의 손이 움직였다. 그녀는 몸을 뒤덮은 어둠을 언저리를 손끝으로 훑었다.

“이건 근원의 파편이에요.”

지득한 회한이 어린 목소리였다.

근원의 파편.

백현은 마른 침을 삼키며 흑장미여왕을 보았다.

너무 늦지도, 빠르지도 않게. 제때 왔다는 말. 흑장미여왕은 만약 그때 즉시 왔더라면 보여주고 싶지 않은 모습을 보여주었을 것이라 말했지만, 백현은 그와 다른 의미로 지금이 방문한 적기임을 납득했다.

지금의 백현은 저것이 무엇인지 알고 있다. 저것이 얼마나 끔찍하고 알 수 없는 것인지도 느끼고 있다. 근원의 파편.

어떤 근원? 물을 가치도 없다. 어비스를 찾아온 모든 신격이 탐내는 것. 그들에게 결여된 것과 갈망하는 욕망을 이뤄줄 수 있는 것.

혼돈의 근원.

“처참한 꼴이죠.”

흑장미여왕이 큭큭거리며 웃었다. 그 웃음에 동조하는 이는 아무도 없었다.

경악으로 말을 잇지 못하던 악몽의 결정자가 천천히 날아올랐다. 어떠한 의중인지는 알 수 없었지만, 악몽의 결정자는 인형의 팔을 들어 어둠에 접촉하려 들었다.

그 순간이었다. 못 박힌 듯이 움직이지 않고 있던 샤나크가 급히 움직였다. 그는 여태까지 단 한 번도 지은 적 없는 다급한 표정이었다.

샤나크의 손이 인형의 몸을 붙잡았고, 흑장미여왕도 손을 움직여 악몽의 결정자가 다가오는 것을 가로막았다.

[……아.]

뒤늦게 정신을 차린 악몽의 결정자가 작은 소리를 냈다.

[……이거야 원. 마법사라는 족속은 이게 문제야. 뭔지 몰라도, 신기하다 싶으면 어떻게든 건드려 본단 말이지.]

자조 섞인 말을 중얼거리며, 악몽의 결정자는 고개를 흔들었다.

샤나크는 아랫입술을 꽉 깨물고 봉제 인형을 품속으로 안았다. 봉제 인형은 저항하지 않고 샤나크에게 안긴 채 말했다.

[널 놀라게 했구나. 괜찮아. 스쳐 지나간 충동일 뿐이야. 나는 잘못되지 않아.]

마치 샤나크를 어르는 것 같은 말투였다. 푼수기를 발산하며 칭얼거리던 평소의 봉제 인형과는 전혀 다르다.

샤나크는 고개를 살짝 끄덕거리면서 봉제 인형을 안고 있는 팔의 힘을 풀었다.

[……그릇에 맞지 않는 힘을 탐했다고 했지?]

"네, 이엘. 부끄럽게도 말이지요. 나는 내 그릇에 담을 수 없는 힘을 탐했고, 결국 이렇게 되어버렸습니다."

[너무 자조적으로 말하지 마. 나도 다를 것 없잖아, 방금 전만 봐도 그렇지……. 결국 우리도 욕망 앞에서는 어쩔 수 없는 거야.]

악몽의 결정자가 쓴웃음 소리를 내며 대답했다.

[특히 신격의 욕망은 거대하지. 이런 존재가 되고도 이루지 못한 것이니, 더더욱 그럴 수밖에 없어.]

그건 당연했다. 신격 정도 되는 존재의 욕망이라면 이미 그것은 망집이라 할 수 있다. 간절히 바라고 노력해 봤자 절대로 이뤄질 수 없는 망집.

어비스에 들어온 신격들은 대부분 그런 망집을 끌어안고, 혼돈의 근원이 자신들의 망집을 이뤄줄 것이라 믿고 있다.

물론 혼돈의 근원은 무조건적인 해답이 되어주지는 않는다.

[근원의 파편이 널 오염시켰구나. 타락하지 않은 것은……세라스. 네가 마왕이기 때문인가?]

흑장미여왕이 천천히 고개를 끄덕거렸다.

마족이 타고난 마력과 혼돈은 똑같지는 않지만, 흑장미여왕 정도의 마왕이라면 혼돈의 불길함에도 어느 정도의 내성을 갖는 법이다.

주인의 모습을 차마 보지 못하고 두 눈을 질끈 감고 있던 하녀는, 어느새 눈을 뜨고서 흑장미여왕의 곁으로 다가갔다.

아까는 하녀가 다가오는 것을 거부했던 여왕은 더 이상 하녀의 행동을 제지하지 않았다.

하녀는 아랫입술을 잘근 씹으며 여왕이 벗은 옷을 다시 입혀주었다.

"당신은."

백현의 입이 열렸다. 옷매무새를 추스르던 흑장미여왕이 백현을 쳐다보았다.

"혼돈의 근원을 찾아냈던 건가요?"

신격들이 어비스에 들어와 혼돈의 근원을 찾아 헤맨 지가 어언 십 년이다. 그중 절반의 시간은 신격들 본인이 직접 어비스를 배회하며 다른 신격과 싸움을 벌였고, 오늘에 이르기까지의 절반은 인간을 사용하고 있다. 하지만 아직까지 혼돈의 근원은 발견되지 않았다.

"내가 아닙니다."

흑장미여왕은 고개를 가로저었다.

그렇다면 그녀의 몸을 좀먹고 있는 근원의 파편은 대체 뭔가? 대답을 재촉하기도 전에 흑장미여왕이 말을 이었다.

"퓨어세인트."

그 이름이 나왔다.

흑장미여왕과 퓨어세인트 사이에 무언가가 있었다는 것은 백현도 알고 있었다.

흑장미여왕에게서 몇 번의 습격을 받았던 전대 무령은 결정적인 순간에 나타난 퓨어세인트의 도움으로 목숨을 건졌다. 지금의 무령인 연리운은 그때의 인연으로 전대 무령이 퓨어세인트와 가까이 지내게 되었고, 어느 순간부터 흑장미여왕이 예전처럼 습격하지 않게 되었다고 말해주었다.

"혼돈의 근원을 발견한 것은 퓨어세인트입니다. 그녀가 언제부터 혼돈의 근원을 발견한 것인지는 알 수 없으나, 그 당시의 나에게 있어서 발견의 시기는 조금도 중요하지 않았습니다."

과거의 이야기다.

"퓨어세인트는 혼돈의 근원을 발견했지만, 그것을 제대로 다루지 못하고 있었습니다. 그녀는 대단한 신격이었지만, 그 힘으로도 감당할 수 없을 정도로 혼돈의 근원은 위험한 힘이었던 겁니다."

햇수로는 고작해야 오 년. 영겁에 달하는 시간을 살아가는 신격들에게 있어서 빈말로라도 길다고는 할 수 없는 시간이다.

하지만 무한에 달하는 시간을 살아가는 신격이라도, 무엇을 겪느냐에 따라 짧기 그지없는 시간을 살아온 평생만큼 길게 느낄 수도 있는 법이다.

"나는 퓨어세인트를 그리 좋아하지 않았습니다. 위선적인 말을 떠들며 나를 가로막고 물러서게 하였으니까, 도저히 좋아할 수가 없었죠."

"……무령을 말하는 건가요?"

되묻는 말에 흑장미여왕이 고개를 끄덕거렸다.

먼 곳을 보는 듯한 흑장미여왕의 눈에는 여전히 회한이 가득했으나, 백현은 그녀의 눈동자 깊은 곳에서 미치광이 같은 살의를 느낄 수 있었다.

"나는 그를 어비스에서 처음 보았지만, 마주친 순간 알 수 있었습니다. 저 조악한 신격을 만들어준 것이 누구인지 말입니다."

"마신?"

"당신은 모르겠지만, 마신은 적극적으로 타 차원을 침략하여 영토를 늘려가고 있습니다. 침략이라고 말은 하지만 매번 군대를 이끌고 차원을 정복하는 것은 아닙니다."

전쟁에는 많은 준비가 필요하다. 호전적인 마족들을 데리고서 군대를 만드는 것은 어렵지 않은 일이나, 문제는 마계에서 공격하고자 하는 차원으로 이어지는 통로를 만드는 것이다. 마신이 아무리 대단한 존재라지만 그것만큼은 쉬운 일이 아니다.

하나 침략이라는 것이 매번 군대를 끌고 정면에서 쳐들어가는 것으로 시작되는 것은 아니다.

"마신은 무령 같은 자를 '씨앗'이라고 말하곤 했습니다."

대마왕이라는 위치에 있다 보면 여러 것을 알게 된다.

'씨앗'을 심는 것은 대대적으로 전쟁을 준비하는 것보다 쉬웠다. 어느 세계에나 가진 야망에 비해 초라하기 짝이 없는 존재는 있게 마련이다. 그 야망을 위해서라면 도덕적 잣대를 부러뜨릴 줄 알고, '토대'가 될 최소한의 자격을 갖춘 이들.

의식의 과정에서 수십 만에 달하는 목숨이 공양되고, 씨앗이 심어진다.

"당장 써먹지 않더라도, 씨앗은 심어두는 것만으로 언젠가 수확할 수 있게 마련입니다. ……그래서 죽이려 했습니다. 무령에게는 마신의 냄새가 진동했으니까요."

"하지만 결국 죽이지 않았잖아요."

백현은 흑장미여왕을 뚫어져라 보았다.

그녀가 무령을 습격한 것은 두 번. 그 이후로도 기회는 얼마든지 있었을 것이다.

"……두 번째 습격."

흑장미여왕은 천천히 눈을 감았다.

"그때도 나는 무령을 죽일 수 있었지만, 퓨어세인트의 방해로 인해 무령을 놓치고 말았습니다. 그 당시의 나는…… 굉장히, 굉장히 화가 났어요."

당연한 분노였다. 한 번도 아니고 두 번이다.

"서로 죽여서는 안 됩니다. 서로를 이해한다면 누구 하나 죽지 않고 모두가 원하는 것을 이룰 겁니다……. 내 앞에서 그런 말을 떠들어대는 퓨어세인트를, 난, 죽여 버리겠다고 마음먹었습니다."

죽이지 못했다.

[……정말이야?]

악몽의 결정자가 경악한 목소리로 물었다. 놀란 것은 백현도 마찬가지였다.

흑장미여왕은 쓰게 웃으며 고개를 끄덕거렸다.

"죽이겠다고, 그렇게 마음먹고 행동했습니다. 당시의 나는…… 퓨어세인트를 우습게 보진 않았습니다. 처음 무령을 죽이려는 것을 가로막았을 때, 퓨어세인트의 힘은 결코 무시할 정도가 아니었기 때문이죠. 하지만. 난 퓨어세인트를 무시하지 않았다고 생각했으나, 그녀의 힘은 내 상상을 뛰어넘었습니다."

조용한 싸움이었다. 누구 하나 알지 못한 싸움.

"누구도 이 싸움을 관측하고 있지 않았기에."

조용히 벌어진 싸움은, 마찬가지로 조용히 끝났다.

"그래서라고 생각합니다. 그때 내가 겪은 것이 퓨어세인트의 전력일지는 모르겠지만……. 후후, 너무 쉽게 패배하고 말았어요. 정신을 차렸을 때, 내 몸뚱이의 반은 죽어 있었고 정신만 간신히 깨어 하늘을 보고 있었습니다."

퓨어세인트는 흑장미여왕을 죽이지 않았다. 그렇게 쓰러뜨려 놓고, 다를 것 없는 위선적인 말을 늘어놓았다.

"베풀어준 자비를 기억하고, 나 또한 자비를 베푸는 자가 되라더군요."

끔찍한 굴욕이었다. 마계에서 손에 꼽히던 대마왕인 흑장미여왕이. 비록 영지를 빼앗기고 어비스로 흘러들어 왔다지만, 대마왕으로서 가졌던 힘은 조금도 줄지 않았다.

그런데 어디서 왔는지도 모르고, 쌓은 신화가 널리 알려지지도 않은 신격이 흑장미여왕을 무참히 패배시킨 것이다.

"……그 이후로 나는 무령을 습격하는 것을 그만두었습니다. 지금의 나로서는 퓨어세인트의 보호를 받는 무령을 죽일 수 없다는 것을 이해했으니까요."

그 역시 흑장미여왕에게 있어서는 굴욕적인 일이다.

이성적으로 생각한다면 이길 수 없는 싸움은 벌이지 않는 것이 상책이다. 하지만 추앙받아 온 신격의 오만함은, 때로는 이성보다는 자존심을 앞세운다.

흑장미여왕은 자존심을 꺾었다. 혼돈의 근원을 손에 넣는 것을 우선해야 한다는 아집 때문이었다.

"……당신은 마룡왕과 싸워보았나요?"

잠시 퓨어세인트의 모습을 떠올린 백현은, 흑장미여왕에게 마룡왕에 대해 물어보았다.

그 말에 흑장미여왕은 고개를 저었다.

"아뇨. 그녀가 위험한 힘을 지니고 있다는 것은 싸우지 않아도 알 수 있었습니다. 그녀 역시 맞닥뜨리고 싶지 않은 적이었죠."

"퓨어세인트와 마룡왕, 둘 중 누가 더 강하다고 생각하세요?"

백현이 겪어본 신격 중 최강은 마룡왕이었고, 다른 신격들의 의견도 동일했다. 마룡왕과 직접 싸워본 적이 있기 때문에, 그녀는 백현에게 있어서 가장 정확한 잣대였다.

"마룡왕의 힘을 겪어본 적이 없으니 비교가 힘들군요. 다만……."

흑장미여왕이 잠시 고민했다.

"성질이 다르다…… 고 생각합니다. 퓨어세인트의 힘은 마룡왕의 파괴적인 힘과는 전혀 달라요. 음험하고, 사악하고, 불길하고…… 그런 류의 단어를 모조리 포용하는 것 같은 힘이었습니다."

백현은 퓨어세인트의 힘이 어떤 것인지 모른다.

그가 본 것은 사도인 드레이브가 내뿜던 눈 부신 빛뿐이다. 그건 '신성함'이라는 것을 그대로 현실에 갖다 놓은 것 같은 빛이었다. 퓨어세인트의 모습과 성역인 천국처럼, 너무나도 이상적이기에 되려 괴리감을 들게 했다.

"몇 년이 지나면서. 어비스의 신격들은 예전만큼 과격한 싸움을 하지 않게 되었습니다. 싸움을 벌일 때마다 혼돈이 준동했고, 신격 간의 격돌로 쌓인 인과율이 언제 폭풍을 일으킬지 모른다는 것을 다들 이해했던 거죠."

격돌이 없었다지만 탐색을 멈춘 것은 아니다. 신격들은 여전히 드넓은 어비스를 떠돌며 혼돈의 근원을 탐색했다.

"……나는 몇 번이나 더 퓨어세인트와 만났습니다."

일방적인 방문이었다.

"퓨어세인트는 내 영지 앞에 홀로 찾아와서, 아무것도 하지 않았습니다. 그저 이 성을 바라보기만 했죠. 그게 몇 번이 반복되었을 때, 나는 성문을 열고 그녀와 마주 섰습니다. 그리고 물어보았죠."

여기서 뭘 하느냐고.

"시답잖은 대답을 하더군요. 성이 무척이나 아름답다는, 그런 말. 마계에서 몇 번이나 들었던 말입니다."

흑장미여왕은 실없는 웃음을 흘렸다.

"그런데 말이에요. 그 몇 번을 들었던 말이, 꽤 기분 좋게 들렸어요. 내 성의 아름다움을 칭송하던 자들은 모두 다 마계에 있었습니다. 어비스에는 이엘이 있었지만…… 그녀의 칭찬은 나에게 익숙한 것이었죠."

별것 아닌 말이다. 너무 많이 들었던 말이기도 했다. 하지만,

반가우면서 그리운 말이기도 했다.

"이 혼돈이 가득 찬 세계에 어울리지 않을 정도로 아름다워서, 계속 보고 있었다고. 퓨어세인트는 그렇게 말했습니다. 나를 패배시켰을 때와 똑같은 얼굴로."

흑장미여왕은 자신의 처지를 잘 알고 있었다. 그녀는 마계에서 추방된 몸이다. 스스로 뛰쳐나온 마계라지만, 결코 돌아갈 수 없으니 추방된 것과 마찬가지였다.

모든 영지를 잃은 그녀가 마계에 남았더라면, 호시탐탐 노려오는 다른 마왕들을 견제하다가 결국은 지치고 무너졌을 것이다. 그녀가 흑장미여왕이라는 이름으로 불리며 대마왕의 영광을 누렸던 것은 결코 돌아갈 수 없는 과거였다.

그녀의 성을 방문한 자들이 늘어놓던 칭송은, 로즈덤의 아름다움과 더불어 흑장미여왕이 지닌 권위 때문이었다.

오래전부터 흑장미여왕과 교류하던 악몽의 결정자는 여전히 로즈덤이 아름답다 칭송하겠지만, 악몽의 결정자를 제외하고서는 이 성을 아름답다 말해줄 존재는 없었다.

"……난 그녀를 성으로 초대했습니다."

거절할 것이라고 생각했다.

다른 신격의 성역에 들어간다는 것은 굉장히 위험한 일이다. 하잘것없던 천존마저도 자신의 성역인 천공성 안에서 혈사자를 패퇴시켰고, 무령 역시 성역으로 도망치는 것으로 신격이 다투던 어비스에서 목숨을 부지했다.

하물며 퓨어세인트와 흑장미여왕이 평소에 우호적인 관계를 이어가던 것도 아니다. 흑장미여왕은 퓨어세인트에게 패배했고, 그 굴욕을 잊지 않고 있었다.

"퓨어세인트는 내 초대를 거절하지 않았습니다. 기쁘단 듯이 웃으며, 지금 바로 들어가도 되겠느냐 묻더군요."

그건 자신이 가진 힘에 대한 자신감이었을까. 아니, 어리석은 오만이다. 아무리 강하다고 해도 타 신격의 성역 안에서 싸움을 벌이는 것은 상대에게 아주 많은 이점을 쥐여주고 시작한다.

"함께 정원을 걸었습니다. 시답잖은 이야기를 했습니다. 서로를 파악하기 위한 이야기는 아니었습니다. 그냥, 시간이 흘러가는 대로 나누는 잡담이었습니다."

처음부터 그랬던 것은 아니다.

흑장미여왕은 퓨어세인트의 기원에 대해 몇 번이나 돌려 말하는 식으로 물었지만, 그럴 때마다 퓨어세인트는 능수능란하게 화제를 바꾸었다.

"그녀는 자신의 이상에 대해 말했습니다. 누구 하나 죽지 않고, 모두가 원하는 것을 얻기를 바란다고. 혼돈의 근원은 아직 발견되지 않았지만, 만약 자신이 그걸 찾아낸다면 어비스에 온 모든 신격이 비원을 이룰 수 있는 방법을 모색할 것이라고 말했죠."

위선자라고 생각했다.

"그녀는 내가 무엇에 목말라 하는지 알고 있는 것 같았어요. 난…… 지쳐 있었죠. 또, 그 당시에도 여전히 많은 것을 후회하고 있었습니다. 지금과는 다른 후회를."

"……마신에게 도전한 것 말인가요?"

"그걸 도전이라고 할 수 있을까 싶지만."

흑장미여왕은 쓴웃음을 지었다.

명공은 흑장미여왕이 마신에게 도전했고, 패배해 모든 것을 잃었다고 말했다. 하지만 흑장미여왕의 말을 보면 진실은 조금 다른 듯했다.

"그녀는 상처를 핥아주는 것에 능숙했습니다."

흑장미여왕의 손이 침대보를 움켜쥐었다.

"위로를 말하고 희망을 심는 것에 능숙했어요."

퓨어세인트를 성문 밖으로 배웅하면서, 흑장미여왕은 그녀가 예전만큼이나 싫지 않게 되었음을 느낄 수 있었다.

"그 후부터, 나는 퓨어세인트가 찾아오는 것을 은연중에 기다리게 되었습니다. 나는 그녀와 나눌 즐거운 이야기 주제 따위는 없었고, 퓨어세인트는 자신의 이야기를 하는 것보다는 이상적인 평화론을 말하는 것을 즐겼습니다. 퓨어세인트는 내가 왜 어비스에 왔는지 묻지 않았고, 내가 묻는 질문에는 언제나 웃음으로 화답했습니다. 사실 그녀와 나누는 이야기는 그리 즐겁진 않았고, 서로가 유쾌한 이야기꾼도 아니었습니다."

하지만 상처를 핥아주는 것은 놀라울 정도로 능숙했다.

"퓨어세인트는 몇 번 더 로즈덤에 방문해 나와 함께 정원을 걷고, 차를 마시고, 이야기를 나누었습니다. 여전한 이상론. 나라는 존재에 대해서는 거의 묻지 않았어요. 내가 혼돈의 근원을 취해 무엇을 이루고자 하는지조차도."

그것이 편했다.

"소소하고 재미없는 이야기를 나누는 것뿐인데도 편안했습니다. 말초적인 즐거움이 아니라 티타임에 어울리는 여유를 느꼈습니다. 내게 있어서 그런 여유는……. 굉장히 오랜만이었습니다."

[이거 질투심이 드네.]

악몽의 결정자가 중얼거렸다.

[세라스. 당신은 나에게 퓨어세인트에 대한 이야기는 하나도 해주지 않았어.]

"이엘 역시 내게 모든 것을 말하지 않았잖아요?"

대꾸하는 말에 악몽의 결정자는 말없이 어깨를 으쓱거렸다.

재생의 뱀은 악몽의 결정자와 흑장미여왕의 관계에 대해 이렇게 말했었다.

악몽의 결정자가 어비스에 온 이유는 흑장미여왕과 관련되어 있는 것 같다. 흑장미여왕을 돕기 위해서라기보다는, 마치 그녀를 감시하는 것 같다.

"밀회란 누구에게도 들키지 않고 은밀하여 즐거운 것입니다. 그건 티타임의 여유와는 다른 자극적인 재미였어요. 당신이 나를 지켜보고 있다는 것을 알았기에, 나는 더욱 은밀하게 퓨어세인트와 만남을 가졌습니다."

[……지켜보고 있다는 말은 조금 기분 나쁘지만, 아주 틀리진 않아. 하지만 말이야, 세라스. 내가 보고 있다는 것은 퓨어세인트도 알았을 거야. 난 한 번도 그녀가 로즈덤을 지켜보는 것을 보지 못했거든.]

악몽의 결정자가 중얼거렸다.

[그래서. 이 이야기의 파국은 언제지?]

악몽의 결정자가 흑장미여왕을 빤히 쳐다보며 물었다.

[퓨어세인트가 널 배신한 것이 언제냔 말이야.]

흑장미여왕의 입매가 비틀렸다.

[언제 그녀의 가면이 박살 나고 추악해진 거야?]

흑장미여왕의 팔뚝을 감싸고 있는 가시넝쿨이 꿈틀거렸다.

6장
약속해 준다면

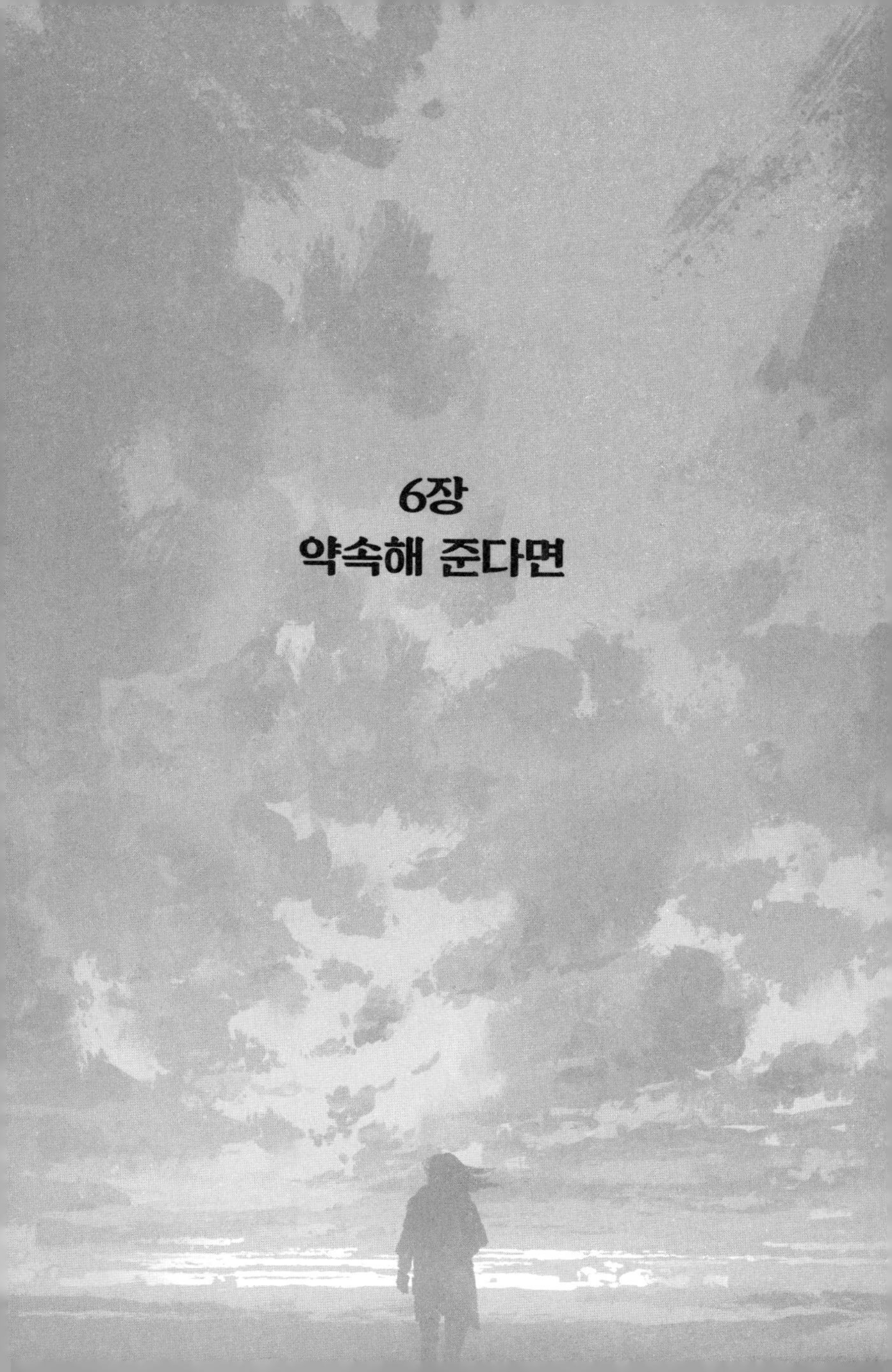

가라앉은 분위기가 심상치 않았다.

악몽의 결정자가 어떤 의도로 저 말을 한 것인지는 그녀만이 알겠지만, 백현은 그 말을 이죽거림으로 들었다.

흑장미여왕은 웃고 있었지만, 그 웃음은 결단코 즐거워서 웃는 것은 아닌 것으로 보였다.

약해졌다고는 해도 신격이다. 다스리지 않는 감정이 공간을 쥐어짜듯이 압박했다. 이 방, 아니, 흑장미여왕의 성역 전체가 죄어든다.

"……파국이라."

비틀린 웃음이 벌어지며 나온 목소리는 섬뜩한 냉기를 품고 있었다.

그런데도 흑장미여왕의 목소리는 평온하게 들렸다. 그 모순적인 이중성이 보다 위협적으로 느끼게 만들었다.

"어느 순간부터, 나는 퓨어세인트를 적이라 여기지 않았습니다."

공간의 압박이 거세진다. 전혀 다른 성질의 힘이 더해졌다. 그 힘은 끔찍한 죽음을 연상케 했다.

그것은 흑장미여왕이 내뿜는 분노와 전혀 다른 것이었다. 악몽의 결정자. 자그마한 봉제 인형을 몸뚱이로 삼은 그녀가 그 힘의 주인이었다.

백현은 흑장미여왕의 분노가 악몽의 결정자의 발언에 의한 것이 아님을 알아차렸다. 그녀는, 자신이 겪을 파국을 떠올리며 분노하고 있는 것이다. 악몽의 결정자도 마찬가지였다.

흑장미여왕의 이야기에는 이미 결말이 정해져 있다.

퓨어세인트가 혼돈의 근원을 손에 넣었고, 흑장미여왕은 저런 꼴이 되었다. 아무도 모르게 벌인 퓨어세인트와의 밀회가 그 당시에는 즐거웠을지 몰라도, 결국 흑장미여왕은 퓨어세인트에게 배신당한다.

"당신도 기억하고 있을 겁니다."

5년 전.

"혼돈이 폭주하던 그 날 말입니다. 신격들이 어비스에서 쌓아온 인과율. 어비스에는 그 인과율을 감당해 줄 절대신격이 존재하지 않았습니다. 결국, 인과율의 폭풍은 혼돈을 폭주시켰습니다. 일곱의 신격이 사라졌고, 살아남은 열셋은 어떻게든 방법을 모색하려 했으나, 최후에는 외차원으로 도주했죠."

[기억하다마다. 그때는 내가 살아온 평생 중 제일로 꼽을 만큼 대단했지.]

악몽의 결정자가 고개를 끄덕거리며 말을 받았다.

위험하지는 않았다. 다른 신격들과는 달리, 악몽의 결정자는 언제고 원하는 순간에 스스로 목숨을 끊어 어비스에서 탈출할 수 있다.

[삼켜진 신격 중에서는 마룡왕도 껴 있었지. 그 괴물이, 허무하게 사라졌다는 건…… 정말 대단한 일이야.]

"나와."

흑장미여왕의 손목을 휘감은 가시넝쿨이 꿈틀거렸다. 옭아죄는 가시넝쿨의 흑장미여왕의 팔뚝을 파고들었다. 살을 타고 흘러내리는 핏물이 침대보를 붉게 적셨다.

"퓨어세인트가 혼돈을 폭주시킨 겁니다. 정확하게 말하자면, 퓨어세인트가 나를 '사용해서' 혼돈을 폭주시켰죠."

꽤 오랜만의 방문이었다. 몇 달, 아마도 반년쯤.

인과율의 폭풍을 걱정하여 다들 행동을 조심하고 있던 시기였고, 은밀한 탐색도 계속되고 있었다.

흑장미여왕도 똑같았다. 그녀는 드넓은 어비스에서 자신이 아직 가보지 못한 곳과 이미 확인한 곳을 몇 번이고 헤집었다.

"난 퓨어세인트와 만나는 것을 즐겁게 여겼습니다. 간혹 창밖을 내다볼 때, 혹시 그녀가 성역 밖에서 서 있는 것이 아닐까…… 그런 바보 같은 기대도 품곤 했죠."

소득 없는 탐색에서 돌아오기를 여러 번. 그것이 일상이었다.

"몇 번인가는 내가 직접 그녀의 성역을 찾아가 볼까, 그런 생각을 하곤 했습니다. 하지만, 정말 그렇게 한 적은 없었죠. 난 그녀의 방문을 기대하고, 찾아오지 않는 것을 서운하게 여겼지만, 먼저 다가가고 싶지는 않았습니다."

여전히 가시넝쿨은 흑장미여왕의 팔뚝에서 피를 흐르게 했다. 곁에 선 하녀가 입술을 잘근잘근 씹으면서 피에 젖어가는 침대보를 응시하고 있었다.

"자존심 때문이었습니다. 부끄럽기도 했고요. 하지만, 반년이라는 시간이 흘러 그녀가 성역 앞으로 찾아왔을 때."

그 즉시 마중을 나갔다. 내색하지 않으려 해도 퓨어세인트가 찾아왔다는 것이 기뻤다.

"오랜만이라고 하더군요."

왜 찾아오지 않았느냐고 묻지는 않았다. 똑같이, 오랜만이라고 대답했다.

언제나처럼 성문을 열고서 퓨어세인트를 안으로 들였다. 로즈덤의 아름다운 정원에는 이미 다화(茶話)를 위한 준비가 끝나 있었다.

"처음 만났을 때의 퓨어세인트는 틀림없이 나의 적이었습니다. 하지만 내 적의는 만남이 쌓이며 흐려졌죠. 언젠가부터, 나는…… 퓨어세인트가 말하는 이상에 감화되었습니다."

마주 앉아서, 차를 마셨다.

"누구 하나 죽지 않고 모두가 원하는 것을 이룬다. 만약 그게 정말로 가능하다면, 멸망을 바라지 않고서야 누가 그를 거절하겠습니까?"

보여주고 싶은 것이 있다고. 퓨어세인트는 그렇게 말했다.

"처음의 나는 퓨어세인트를 위선자라 생각했습니다. 그녀가 한결같이 이상을 떠드는 것을 들으면서도 뻔한 거짓말이라고 생각했습니다."

[내가 실수했어.]

악몽의 결정자가 중얼거렸다.

[내가 너를 더 보듬었더라면, 네가 퓨어세인트와의 인연이 깊어질 일은 없었을 텐데.]

"아뇨. 당신은 실수하지 않았습니다."

흑장미여왕이 고개를 가로저었다.

"당신은 나의 오랜 친구이고, 깊은 이해자였습니다. 내가 마계를 등지고 어비스에 와서, 이엘, 당신과 재회했을 때. 당신은 내게 아무런 것도 묻지 않았습니다. 위로도 해주지 않았어요."

[뻔한 동정이라고 생각할까 봐.]

"그 생각은 틀리지 않았습니다. 당신은 내가 가장 영광스러울 때에 인연을 맺었고, 몰락한 뒤에 재회했습니다. 당신이 나를 위로했더라면 나는, 고맙다고 말했을 겁니다. 하지만 마음 한구석에서는 뒤틀린 감정을 느꼈겠죠."

악몽의 결정자는 씁쓸히 웃었다.

서로에 대해서 너무 많이 알았다. 악몽의 결정자는 자신의 위로가 고고한 대마왕에게 동정으로 비칠까 싶어 말을 아꼈다. 흑장미여왕은 그 침묵을 기쁘게 받아들였다.

퓨어세인트는 과거를 일절 묻지 않으며 영광스러울 때의 모습을 간직한 로즈덤을 칭송했다. 모든 신격이 서로 죽이려 드는 전장에서, 흑장미여왕을 죽일 수 있음에도 죽이지 않았다. 흑장미여왕에게 여전한 증오와 적의가 있을 때도, 그녀의 초대를 받아들여 로즈덤에 들어왔다.

"나는 퓨어세인트를 믿었습니다."

보여주고 싶은 것이 있으니 따라오라는 말. 함정일지도 모른다는 생각은 하지 않았다. 그저, 퓨어세인트가 무엇을 보여주고 싶은 것인지 궁금했다.

"따라오겠다는 권속들은 로즈덤에 남겼습니다. 단둘이, 단둘이서……. 외출하는 것은 처음이었죠."

그저 외출일 뿐이다. 매번 헤집던 어비스에, 둘이서 함께 나가는 것뿐이다. 그것뿐인데도 즐거웠다.

지금 대체 어디로 가는 것이냐고 묻자.

"자신의 성역으로 간다더군요."

퓨어세인트의 성역이 어떤 모습을 하고 있는지 궁금하기도 했다.

줄곧 찾아오기만 했을 뿐, 단 한 번도 초대는 하지 않던 그녀가 도대체 무엇을 보여주고 싶기에 초대까지 하는 것일까 궁금했다. 함정이라고는 생각하지 않았다.

"퓨어세인트는 나보다 강했어요. 날 어찌하고 싶었다면 성역으로 끌어들일 필요는 없었습니다."

퓨어세인트의 성역은 가끔씩 상상했던 모습과 비슷했다. 권속들은 행복한 얼굴로 한가로운 일상을 즐기고 있었고, 하늘은 푸르러 맑았다.

성역을 보여주고 싶어서 이리 데려온 것이냐 물었다. 퓨어세인트는 방긋 웃으며 고개를 저었다. 이곳을 보여주고 싶은 마음도 있었지만, 보다 멋진 것을 보여주고 싶어서 부른 것이라고 대답했다.

"내가 좋아할 것이라고 말하면서."

안내를 받아 도착한 곳은 백색의 신전이었다.

"신전의 중앙에, 그게 있었습니다."

일렁거리는.

“보자마자 알 수 있었습니다. 저것이 바로, 어비스에 찾아온 모든 신격이 손에 넣고자 갈망하는 혼돈의 근원이라고.”

그건 큼직한 어둠의 구체처럼 보였다. 자세히 살펴보니 아무것도 없는 하늘에 시커먼 구멍이 뚫린 것처럼 보이기도 했다.

근원은 그런 모습이었다. 그 안에는 어비스에 넘쳐나는 혼돈들이 뭉쳐 있었다.

“그리 대단해 보이지는 않았어요.”

뭉쳐 있을 뿐이다. 혼돈이야 어비스 어디를 가도 느낄 수 있다.

상상했던 것과는 다른 모습이었다. 신들의 망집을 이뤄줄 만한 것이라면 저보다 훨씬 대단해야 했다.

“어떻게 이것을 손에 넣었느냐 물어보았죠.”

아주 어렵게. 퓨어세인트는 그렇게 대답했다. 만족스러운 대답은 아니었다.

“왜 나를 이곳으로 데려와, 내게 이것을 보여주는 것이냐고도 물었습니다.”

설마 자랑이나 하려고 부른 것은 아닐 것이니.

여러 가지 의문이 뒤섞였다. 퓨어세인트는 어떻게 혼돈의 근원을 손에 넣었던 것일까. 왜 그녀는 자신을 이곳으로 데려온 것일까. 왜 그녀는 손에 넣은 혼돈의 근원을 취하지 않은 것일까.

"마지막이면 충분하다. 그게 퓨어세인트의 대답이었습니다."

"……마지막?"

"네."

백현이 되묻는 말에 흑장미여왕은 킬킬 웃으며 고개를 끄덕거렸다.

"모두가 함께 나눠 가질 수 있다는 것이었습니다. 하지만…… 최소한의 구분은 필요할 것 같다고 말했죠. 이루고자 하는 망집이 올바르지 않다면, 안타까운 일이지만 나눠줄 수 없을 것 같다면서."

퓨어세인트는 쓸쓸한 표정을 지으면서 그런 말을 늘어놓았다.

"그때, 퓨어세인트는 처음으로…… 내 망집에 대해 물어보았습니다. 당신은 무엇을 이루고자 어비스에 왔느냐고 말이지요."

아주 조금 망설일 수밖에 없었다. 여태까지 한 번도 묻지 않았던 질문. 그것을 묻는 순간이 망집을 이룰 수 있는 목전이라는 것이 얄궂었다.

걱정도 있었다. 만족할 만한 대답을 해주지 않는다면, 퓨어세인트는 흑장미여왕을 구분해 버릴 것이 분명했다. 그렇게 된다면 흑장미여왕은 영원히 망집을 이루지 못할 것이다.

"간절했습니다."

힘으로 빼앗을 수 있는 상대도 아니다. 그러고 싶지도 않았다. 거짓말을 하고 싶지도 않았다. 흑장미여왕의 망집은 간절하고 진실했다.

"내 대답을 들은 퓨어세인트는, 아주 잠깐, 의아해하더군요."

정말로 그것을 원하는 것이냐고 물었다.

"내가 바라는 것은 그것뿐이라고 대답했습니다."

알겠습니다. 고개를 끄덕거리며 말한 대답은 짧은 환희를 느끼게 해주었다. 퓨어세인트는 흑장미여왕의 손을 잡고서 혼돈의 근원을 향해 함께 걸어갔다.

"손을 넣어 진실된 바람을 전하십시오."

그렇게 바라면 이루어질 것이라는 말은 조금 의심스러웠다. 신격이 갈망하는 망집을 이렇게 쉽게 이룰 수 있단 말인가? 저 대단찮아 보이는 근원에게 정말로 그런 말도 안 되는 힘이 있는 걸까.

의심의 순간은 짧았다. 가능한지 불가능한지는 시도해 보지 않고서는 알 수가 없었다.

근원의 앞에 선 흑장미여왕은 퓨어세인트의 손을 놓았다. 그리고 감사를 담아 고개를 숙여 보였다.

천천히. 아주 천천히 팔을 들었다. 가슴 깊이 있는 바람을 간절히 느끼면서, 근원을 향해 손을 뻗었다.

어느 순간부터는 자신이 손을 뻗는 것인지, 근원이 가까이

다가오는 것인지 인식이 모호해졌다.

직전에 뒤를 돌아보았다. 퓨어세인트는 언제나 같은 부드러운 미소를 지으며 흑장미여왕을 쳐다보고 있었다. 그 다를 것 없는 미소가 흑장미여왕을 안심시켰다.

"그녀의 베풂에 감사했습니다."

근원과 손이 닿았다.

순식간에 양팔이 빨려 들어갔다. 그 순간, 흑장미여왕은 무언가가 대단히 잘못되었다는 것을 깨달았다.

그리 대단해 보이지 않던 근원은, 어느새 흑장미여왕이 평생 겪어본 적이 없는 끔찍하고 불길한 존재로 변모해 있었다.

탐욕스레 삼켜오는 혼돈이 흑장미여왕이라는 존재의 근간을 뒤흔들었다. 시간이 멈추었고, 아주 길게 늘어졌다.

찰나가 영겁처럼 느껴졌다. 마족으로 태어나 대마왕의 자리에 오르고, 지금에 이르기까지 축적한 마기(魔氣)가 침투해 오는 혼돈에 저항했다.

거센 저항에도 혼돈은 밀려나지 않았다. 혼돈과 뒤섞인 마기가 흑장미여왕을 깊은 곳부터 물들여 갔다.

"벗어나야 한다는 생각보다는."

대체 왜.

"뒤를 돌아보고 싶었습니다."

퓨어세인트의 표정은 변하지 않았다. 그녀는 여전히 웃는 얼굴로 흑장미여왕을 보고 있었다. 부드럽고, 잔잔하고, 자애로운. 흑장미여왕의 상처를 핥아주던 그 미소를 지으면서, 아무런 말도 하지 않고 흑장미여왕이 혼돈에 삼켜지는 것을 지켜볼 뿐이었다.

"나는 계속해서 잘못되어 가고 있었습니다."

도저히 벗어날 수 없었다. 팔을 뜯어내려 해보았지만, 그조차도 되지 않았다.

퓨어세인트의 얼굴을 보고 싶지 않았다. 배신에 대한 증오가 목구멍에서 턱 막혀 도저히 언어로 빚어지지 않았다.

고개를 돌려 앞을 보았다. 혼돈이 들끓는 것이 보였다. 대단치 않아 보이던 혼돈은 가늠조차 되지 않는 거대한 힘이 되었고, 그것이 울렁거릴 때마다 흑장미여왕의 존재가 말단부터 박살 났다.

"무언가가 보였습니다."

꿈틀거리는 혼돈의 사이에서, 어비스 어딘가의 풍경이 보였다. 어딘지 모를 그곳에는 신격들이 모여 있었다.

"그들이 혼돈에 삼켜지는 것이 보였어요."

세상이 뒤흔들렸다. 신전의 발판이 무너지고, 흑장미여왕은 끝없는 어둠 속으로 낙하했다. 날아오르려 했지만, 어둠 전체가 흑장미여왕을 붙들어서 움직이지 못하게 만들었다.

"저 위에서 빛에 몸을 감싼 퓨어세인트의 모습이 보였습니다."

그녀는 더 이상 웃고 있지 않았다.

"이유는 알 수 없었으나, 무척이나 당황한 얼굴이었습니다."

눈이 마주쳤다.

"왜."

그 한 마디만을 내뱉었다. 도저히 묻지 않고서는 견딜 수가 없었다.

틀림없는 배신. 퓨어세인트는 이렇게 되는 것을 의도했던 것이 분명했다. 그것은 왜냐는 의문의 대답으로 충분할 터이나. 흑장미여왕은 그 순간까지 퓨어세인트를 믿고 있었다.

"믿고 싶었을 뿐이지요."

"……퓨어세인트는 그 질문에 대답해 줬나요?"

흑장미여왕은 조용히 고개를 돌려 백현을 쳐다보았다.

싸늘하게 식은 눈은 백현을 보고 있었지만, 내뿜는 살의는 백현에게 향하지 않았다.

"실패했다."

동정, 안타까움, 죄책감……. 그런 류의 감정은 조금도 없었다.

"그게 끝이었습니다."

침묵이 이어졌다.

악몽의 결정자는 죽음에 범벅된 기운을 갈무리하며 감정을 진정시켰다.

흑장미여왕은 피에 젖은 팔을 물끄러미 보다가, 살을 갈기갈기 찢어놓은 가시들을 뽑아냈다.

백현은 조용히 흑장미여왕을 응시했다.

혼돈의 근원은 퓨어세인트에게 있었고, 그녀는 흑장미여왕을 이용해 혼돈을 폭주시켰다. 결과만 보면 그랬다.

하지만 그게 정말로 퓨어세인트의 의도였을까.

7명의 신격이 혼돈에 삼켜져 사라졌다. 하지만 어비스는 여전히 존재했고, 폭주의 영향으로 백현이 살아가는 지구와 연결되었다. 그리고…… 퓨어세인트를 포함한 13명의 군주는, 어비스를 탈출하지 못했다.

흑장미여왕을 이용하려 했다는 것은 틀림없었다. 그리하고자 마음먹은 것이 언제부터인지는 모르겠지만, 만약 처음부터 퓨어세인트 쪽이 흑장미여왕을 이용하겠다고 선택한 것이라면. 첫 만남부터 시작해 몇 년간 쌓아온 관계, 그 모든 것이 최후의 배신을 위한 것이 된다.

그래서 퓨어세인트는 무엇을 얻었는가? 7명의 신격이 혼돈에 삼켜 사라지는 것이 온전한 의도였을까.

하지만 그다음은? 결국, 퓨어세인트도 어비스에 있을 수 없게 되어 외차원으로 피신하고 말았다.

"……실패했다."

백현은 작은 소리로 중얼거렸다.

흑장미여왕이 마지막 순간에 들었다는 말이다.

혼돈을 폭주시키고, 7명의 신격을 혼돈에 삼켜지게 한 것이 정말 퓨어세인트의 의도였는지는 모르겠다.

분명한 것은, 퓨어세인트가 흑장미여왕을 이용해 근원에 무언가를 하려 했고, 그게 뜻대로 이뤄지지 않았다는 것이다.

"퓨어세인트는 왜 당신을 죽이지 않은 거죠?"

잠시 생각하던 백현은, 고개를 들어 흑장미여왕을 쳐다보았다. 저 상황에서 퓨어세인트가 흑장미여왕을 죽이지 않을 이유는 없었다.

"그녀는 내가 죽었다고 생각한 모양입니다."

흑장미여왕은 씁쓸한 웃음을 지으며 말했다.

정황상 흑장미여왕의 죽음은 필연적이었다. 폭주한 혼돈마저도 신격을 집어삼키는데, 흑장미여왕이 손을 댄 것은 어비스의 근간이라 할 수 있는 혼돈의 근원이었다.

"나 또한, 내 죽음을 당연하게 여겼습니다. 하지만…… 보다시피, 죽지 않았습니다."

얼마나 오랫동안 쓰러져 있었는지는 알 수 없었다. 정신을 차렸을 때, 흑장미여왕은 자신이 살아남은 것에 감사하지 않았다.

"차라리 죽었다면 좋았을 텐데."

배신은 끔찍한 기억으로 남았다. 오갈 데 없는 증오와 살의가 정신을 미치게 만들었다. 몸이 마음처럼 움직이지 않았다. 대마왕이라 칭송되던 힘 대부분이 소멸되어 있었다.

“내가 왜 살아남은 것인지는 나도 잘 모르겠습니다. 마족이라서…… 가 아닐까, 라고 추측만 하고 있을 뿐.”

그 의문에 대답해 줄 만한 이는 존재하지 않았다.

알 수 없이 건진 목숨, 차라리 죽는 것이 낫다 싶을 정도로 처참한 꼴이 되었지만. 살아남은 이상 죽을 수는 없었다.

“내가 눈을 뜬 곳은, 퓨어세인트의 성역이 있던 자리였습니다. 하지만 그녀의 성역은 거기 존재하지 않았죠. 그녀는 이미 외차원으로 피신했던 겁니다.”

꽤 오랫동안 정신을 잃고 있었다는 것을 깨달았다. 아니, 단순히 정신을 잃었던 것인가도 모호했다. 흑장미여왕의 기억은 끝없는 나락과 같은 어둠 속으로 떨어지는 것에서 뚝 끊어져 있었다.

만약 그녀가 이 땅 위에서 정신을 잃고 쓰러졌다면, 퓨어세인트가 그녀를 발견하지 못했을 리가 없었다.

“대부분의 힘이 소실되었다지만, 외차원으로 성역을 옮기는 것 정도는 가능했습니다. 나의 몰락으로 인해 로즈덤은 더 이상 아름답지 않게 되었지만, 그때의 어비스는 도저히 살아갈 수 있는 곳이 아니었어요.”

흑장미여왕이 혼절한 동안 살아남은 신격들은 어비스에 찾아올 인간을 위한 시스템을 구축해 놓았다. 외차원으로 피신한 흑장미여왕 또한, 그 시스템에 포함되었다.

"나는 퓨어세인트의 존재를 느꼈습니다."

살아남은 13명의 신격과 함께.

"내가 살아 있다는 것에, 퓨어세인트가 무슨 생각을 하였는지는 모르겠습니다. 외차원에 이주한 우리는 서로 개입이 불가능한 상태였으니까요. 그 상황에서 내가 유일하게 이야기를 전할 수 있는 상대는, 이엘뿐이었습니다."

흑장미여왕이 악몽의 결정자를 쳐다본다. 악몽의 결정자는 어깨를 축 늘어뜨리고서 흑장미여왕을 보고 있었다.

"오래전 나누었던, 마왕과 흑마법사의 입장에서 맺은 계약 때문이었죠. 진즉에 무의미하게 되어 추억 삼아 간직해 온 계약은 단말만이 남아 있었습니다."

[네 쪽으로만 열린 일방적인 단말이었지.]

"그건 어쩔 수 없었잖아요, 이엘. 그때의 당신은 뛰어난 흑마법사일 뿐인 인간이었고, 나는 마왕이었으니까요."

오랜 옛날을 떠올리며 흑장미여왕은 키득거리며 웃었다.

"어째서죠?"

이해가 되지 않았다.

"외차원의 신격들이 서로에게 간섭하지 못한다지만, 다른 방법도 있었을 거예요. 권속을 내려보낸다든가, 아니면……

헌터를 쓰든가."

"왜 퓨어세인트가 혼돈의 근원과 연관되어 있는지, 다른 신격에게 알리지 않았는가를 묻는 건가요?"

백현은 고개를 끄덕거렸다.

살아남은 신격들은 외차원에서 탈출하기 위해서라도 보다 열정적으로 혼돈의 근원을 탐했을 것이다. 퓨어세인트가 혼돈의 근원을 취했다는 것을 알린다면, 대부분의 신격이 퓨어세인트를 집중적으로 노렸을 것이다.

"나 스스로 하고 싶었습니다."

흑장미여왕은 천천히 눈을 감았다.

"가능하다면 그녀를 직접 만나서 내 증오를 토해내고, 배신의 이유를 묻고 싶었습니다. 그녀를 찢어 죽여가면서 표정을 보고 싶었습니다. 그녀의 입에서 사죄가 아닌 비명과 절규를 듣고 싶었습니다."

"……그래서 알리지 않았다는 건가요?"

"큰 의미가 없다는 생각도 했습니다. 퓨어세인트가 한때 혼돈의 근원을 손에 넣었던 것은 사실이지만, 지금 그녀의 수중에는 더 이상 혼돈의 근원이 존재하지 않을 겁니다."

그 말은 백현의 생각과 동일했다. 만약 그랬더라면 퓨어세인트가 어비스에 남아 있을 이유는 없었다.

"이럴 수도 있잖아요? 근원은 여전히 퓨어세인트에게 있고,

단지 사용할 줄 모르는 걸 수도."

[그건 불가능해.]

악몽의 결정자가 대답했다.

[어비스에 걸쳐져 있다지만, 외차원은 어비스가 아닌 전혀 다른 차원이야. 어비스를 존재하게 하는 혼돈의 근원이 퓨어세인트의 성역에 있다면, 퓨어세인트의 외차원이 새로운 어비스가 되었겠지.]

"어비스 어딘가에 숨겨놓았다면?"

[접촉하는 것만으로도 신격을 집어삼킨 근원을 숨길 수 있을까?]

"하지만 여왕님은 퓨어세인트의 성역에서 혼돈의 근원을 보았잖아요."

[처음부터 근원이 있는 곳에 성역을 지정했을 수도 있지.]

악몽의 결정자가 침대 위에 털썩 앉았다. 그녀는 더 이상 죽음의 기운을 내뿜지 않았다.

[처음부터 이상하다고 생각했어. 어비스가 아무리 넓다지만, 20명이나 되는 신격이 그렇게 헤집었는데 누구 하나 혼돈의 근원을 발견하지 못했잖아. 처음부터 퓨어세인트의 성역에 혼돈의 근원이 있었다면, 아무리 뒤져도 발견하지 못한 것이 당연하지. 다른 신격의 성역을 뒤져볼 수는 없었으니까.]

정말 그런 것이라면, 퓨어세인트가 흑장미여왕에게 다가간 것은 철저하게 계산된 것이다. 자비를 베풀고, 꾸준히 로즈덤에 찾아가고, 이야기를 나누면서. 신뢰가 충분히 쌓였다는 확신 아래에서 흑장미여왕을 사용했다.

"……나는 직접 퓨어세인트를 죽이고 싶었지만."

흑장미여왕이 천천히 말을 이었다.

"대부분의 힘이 상실된 내가, 전성기의 나보다 강력했던 퓨어세인트를 살해하는 것은 불가능한 일이었습니다. 내 약해진 힘으로는 인간에게 만족스러운 힘조차 전하기 힘들었죠."

퓨어세인트는 다르다. 그녀는 가장 많은 헌터를 거느린 대군주였다. 하지만 흑장미여왕은?

그녀는 명백히 비주류로 구분되는 군주다. 흑장미여왕과 계약한 헌터는 전 세계에서도 드물었고, 그마저도 2년 전부터는 더해지지 않았다.

"죽었거든요."

흑장미여왕은 조용히 미소 지었다.

"나와 계약한 인간들은 모두 죽었습니다."

"어째서죠?"

"몬스터와 싸우다 죽는 자들도 있었지만, 죽음의 대부분을 차지한 것은 한 남자였습니다."

'남자?'

백현이 고개를 갸웃거렸다.

"금색의 갑옷을 입은 남자. 퓨어세인트의 사도였습니다."

이유를 말한 적은 한 번도 없었다. 드레이브는 숭고한 사명감이 깃든 눈으로 기계적인 살인을 반복했다.

"내가 살아 있다는 것이 신경 쓰였던 모양입니다."

드레이브가 사도가 된 시기가 2년 전쯤이다.

"인간을 권속으로 두는 것은 무의미했습니다. 내 손으로 복수하고 싶다는 욕심은 퓨어세인트와 너무나도 큰 차이를 벌려 놓았죠."

헌터의 시대에서 퓨어세인트는 13 군주 중 가장 유명하고 사랑받는 군주였다.

그녀가 내건 프랜차이즈는 구원이다. 그녀와 계약한 헌터들은 설령 죽게 될지라도 퓨어세인트가 돌보는 천국으로 갈 것이라 믿는다.

헌터가 아닌 사람들조차도 퓨어세인트야말로 어비스의 군주 중 유일하게 인간을 돌보는 신이라 생각하고 있다.

"이엘에게 도움을 청할까 생각해 보았습니다. 하지만……. 확신이 없었죠. 이엘이 내 부탁을 들어주지 않을까가 아니라, 퓨어세인트를 감당하지 못할 것이 걱정되었습니다."

[흠.]

악몽의 결정자가 작은 신음을 냈다. 반박하지 않는 것을 보니, 그녀 또한 퓨어세인트를 감당한 자신이 없는 듯했다.

"그러던 중에."

흑장미여왕의 눈이 백현을 본다.

"당신이 어비스에 들어왔습니다."

백현의 존재는 13 군주 전원에게 거대한 충격을 전해주었다.

군주와 계약한 것도 아니었건만 백현은 압도적으로 강했다. 그의 튜토리얼을 지켜본 모든 군주가 계약을 권했다.

"지푸라기를 잡는 심정이었습니다. 나는 간절히 당신을 원했습니다. 당신이라면, 퓨어세인트에게 닿을 만한 비수가 될 것이라 생각하면서."

하지만 백현은 그 누구와도 계약하지 않았다.

"난 그 선택이 기뻤습니다. 나를 선택하지 않은 것처럼, 다른 신격들도 선택하지 않았으니까."

"그래서 성으로 와달라고 한 건가요?"

"위치를 알려주지 않은 것은, 내게도 준비가 필요했기 때문입니다. 그리고…… 당신이 바로 내 성으로 찾아온다면, 그 도중에 퓨어세인트의 사도에게 살해되지 않을까 하는 걱정도 있었습니다."

그 말에 백현은 피식 웃었다.

솔직히 잘 모르겠다. 어비스에 막 왔을 때의 백현은 무령의 예비 사도인 박준환을 압도했고, 카르파고와는 동수를 이루었다. 막강한 신격을 뒷배에 둔 드레이브와 그 당시에 싸웠더라면…….

'어땠을까.'

졌을까? 아니면 이겼을까.

승패를 가르는 것은 무의미하다. 이미 지나가 버린 과거의 가능성일 뿐이니.

"나는 주기적으로 인간과 계약해 당신의 행보에 대해 전해 들었습니다."

"……더 계약을 했다고요?"

"네. 물론, 그렇게 계약을 맺은 인간들은 며칠을 지내지 못하고 퓨어세인트의 사도에게 살해되었지만요."

그 말은 이상하게 느껴졌다.

관리국에서 확인한 명단에 따르면 흑장미여왕과 계약한 헌터의 목록은 2년 전부터 멈춰 있다.

그 명단을 작성한 것은.

'하이로드랑 퓨어세인트 사이에 뭔가 있나?'

백현은 퓨어세인트와 하이로드가 손을 잡고, 마룡왕을 포함한 7명의 신격을 함정에 빠뜨렸다는 것은 모르고 있다.

하지만 흑장미여왕의 말로서 유추할 때, 퓨어세인트와 하이로드 사이에 뭔가가 있는 것은 틀림없었다.

드레이브가 흑장미여왕과 계약한 헌터들을 사냥할 수 있었던 것. 관리국의 수뇌부 대부분과 계약한 하이로드라면, 드레이브에게 필요한 정보를 전해주기 충분했다.

"당신은 놀라워요."

흑장미여왕이 호흡을 가다듬었다.

"며칠을 지내지 못하고 죽은 권속들의 기억 속에, 당신이란 존재는 거대한 괴물로 새겨져 있었습니다. 나는 당신이 산토리니에서 천존을 죽인 것을 압니다. 그가 어떻게 부활한 것인지는 알 수 없지만, 그는 틀림없는 천존이었어요. 그리고 얼마 전에는 검무희와도 싸웠더군요."

"졌어요."

"같은 눈을 가지고 싸운다면 더 밝은 눈을 가진 자가 이기는 것이 당연하겠죠."

그 말에 백현은 쩝 입맛을 다셨다. 그렇다면. 심안을 완성하지 않는 한 검무희를 절대로 이길 수 없다는 말 아닌가.

"처음의 나는, 당신을 사도로 삼으려고 했습니다."

"……지금 대답해도 되나요?"

대답은 이미 정해져 있었다.

"거절할 것을 압니다."

흑장미여왕이 쓰게 웃으며 말했다.

"지금의 당신은 튜토리얼에서 처음 보았을 때와 비교도 할 수 없이 강합니다. 사도의 자리는 지금 당신의 눈에 차지 않겠죠. 하물며 대부분의 힘을 잃은 신격의 사도라면, 당연히 거절할 겁니다."

"그런 이유 때문에 거절하는 것은 아니지만."

백현은 멋쩍은 투로 대답했다. 흑장미여왕보다 훨씬 강력한 신격이 사도의 자리를 약속해도 거절했을 것이다.

"그래서. 다른 것을 주려 합니다."

흑장미여왕의 눈이 가늘어졌다.

"당신이 퓨어세인트를 죽이겠다고 약속해 준다면."

7장
예상대로

결국, 흑장미여왕의 목적은 그것이었다.

그녀의 파멸은 퓨어세인트의 배신으로 인한 것이었으니, 저것 외에 다른 바람이 있을 리가 없었다.

"……흠."

그 노골적이고 당연한 목적 앞에서, 백현은 쉽사리 답을 하지 않았다.

상대는 퓨어세인트. 많은 비밀을 가지고 있고, 대마왕인 흑장미여왕을 압도하는 힘을 가진 대신격이다. 죽이겠다는 말을 섣불리 할 만한 상대가 아니다.

"사도 말고 뭘 줄 수 있다는 건가요?"

일단 그것을 물어보았다.

지금의 백현에게 신격, 군주의 사도 자리는 그리 의미가 없었다. 오히려 마이너스가 되었으면 되었지, 결코 플러스가 되지는 않는다.

사도 외에 흑장미여왕이 뭘 줄 수 있는지는 꽤 궁금했다. 게다가 백현이 흑장미여왕을 만나러 온 것은, 그녀에게 다른 원하는 것이 있기 때문이다.

하지만 검무희에 대한 질문은 일단 미뤄두었다. 일단 저쪽이 제시하는 패를 먼저 확인하는 것이 먼저다.

"뭘 원하십니까?"

흑장미여왕이 빙긋 웃으며 묻자, 백현은 어깨를 으쓱거리며 대답했다.

"당장 원한다 할 정도로 필요한 것은 없어서요. 지금의 여왕님이 나한테 뭘 줄 수 있을지도 모르고."

그 말에 하녀가 두 눈을 부릅뜨고 백현을 노려보았다. 여왕을 얕잡아 보는 말투가 마음에 들지 않은 모양이었다. 하지만 그 살기 가득한 매서운 시선은 백현에게는 그리 대단하게 느껴지지 않았다.

"확실히. 당신의 말대로, 내가 줄 수 있는 것은 많지 않습니다."

흑장미여왕은 불쾌한 기색 없이 순순히 고개를 끄덕거렸다.

사실이니 그럴 수밖에 없었다.

마계에 군림하던 시절이라면 모를까, 지금의 그녀는 이 성과 세 명의 권속, 그리고 몸뚱이 외에는 아무것도 갖고 있지 않았다.

"이 비루한 몸뚱이나마 취하시렵니까?"

빙긋이 웃으며 묻는 말에 사라의 고개가 홱 돌아갔다. 혹시라도 백현이 덥석 받아들일까 걱정했지만, 백현의 표정은 심드렁하기만 했다.

"비루하다는 건 너무 많이 간 자학 같지만, 관심 없어요."

병 주고 약 주듯 한 대답이었다. 면전에서 들은 거절에도 흑장미여왕은 고혹적인 미소만 지을 따름이었다.

"그렇다면 다른 것을 드릴 수밖에 없겠군요."

"뭔데요?"

흑장미여왕이 천천히 손을 들어 올렸다. 팔뚝을 쥐어뜯으면서 가득 흘러 손바닥을 적셨던 피는 지금은 지저분한 모습으로 굳어 있었다.

하지만 흑장미여왕이 손을 한 번 쥐자, 피가 언제 굳었냐는 듯이 다시 뜨거운 피로 바뀌었다.

"여왕님."

여왕이 무엇을 주려는지 깨달은 하녀가 다급한 목소리를 냈다. 하지만 여왕은 개의치 않고 손을 움켜쥐었다. 그러자 손바닥의 핏물이 움켜쥔 손가락 사이사이 솟구치더니 하나로

뭉쳤다.

[……허.]

악몽의 결정자마저 놀란 소리를 낸다. 허공에 둥실 뜬 것은, 피로 만들어낸 것임에도 시커먼 장미 한 송이였다.

자세히 보니 그건 단순한 장미가 아니라, 그것을 몸뚱이로 한 인장이었다.

"내가 가진 마왕의 인장입니다."

"여왕님, 제발……!"

"내가 줄 수 있는 것은 이게 전부입니다."

하녀가 비명처럼 외쳤지만, 여왕은 그 외침을 무시했다.

백현은 눈을 깜박거리며 장미 인장을 바라보았다. 하녀와 악몽의 결정자의 반응을 보니, 굉장한 물건인 듯싶은데 뭔지 알 수가 없으니 별 감흥이 들지 않았다.

"……그걸 어디에 쓰는데요?"

"아주 다양하게 쓸 수 있지요."

흑장미여왕은 손바닥에 내려온 인장을 물끄러미 보면서 말했다.

"이것은 오직 마왕만이 부여받을 수 있는 것으로, 내가 당신에게 소유권을 넘긴다면. 당신은 인간이면서 마왕의 힘을 다룰 수 있게 됩니다."

"그게 좋은 건가요?"

"쓰기 나름이죠."

흑장미여왕이 피식 웃으며 말했다.

"인장을 소유하게 되면, 당신은 마음껏 몸 안에 음차원의 문을 열어 마기(魔氣)를 끌어다 쓸 수 있게 됩니다. 본래 인간이 마기를 쓰기 위해서는 상위 마족과의 계약이 필수적이고, 그 계약은 대부분은 자신의 영혼을 담보로 잡습니다. 하지만 이 인장은 그러한 계약 없이, 정말 마음껏 마기를 사용할 수 있게 해주죠."

"……그리고요?"

마기가 무엇인지는 알고 있다.

선계에서 만났던 명공, 그가 사용하던 기묘하고 생소한, 지독하고 불길한 힘. 허주의 요력이나 마룡왕의 용마력과 흡사했던 그 힘.

그걸 쓸 수 있다는 것은 꽤나 구미가 당겼다. 쓰기 나름이라는 말도 마음을 동하게 하는 말 중 하나였다.

백현은 선계에서 명공과 싸워본 적이 없다. 대련을 청해본 적은 있지만, 손대중에 익숙지 않다며 명공이 한사코 거절했기 때문이다.

그 이유에 대해서는 허주나 무신마에게 들었다. 명공의 힘, 마기는 그만큼 위험했다. 마기를 바탕으로 두고 사용하는 명공의 '데모그라스'.

상대를 죽이고 싶지 않으려 해도, 불길하기 짝이 없는 마기는 한사코 상대를 절명시키거나 깊은 저주를 새겨 버리고 만다.

명공의 마기는 아무리 손대중을 한다고 해도 필멸자가 감당할 수 있는 수준이 아니었다.

[저건 나도 욕심나는걸.]

악몽의 결정자가 중얼거렸다. 그녀는 봉제 인형의 몸을 일으켜서, 여왕의 손 위에 있는 장미 인장을 응시했다.

악몽의 결정자마저 탐욕을 내는 모습에 백현의 눈이 동그랗게 떠졌다.

[내가 너였다면, 저 인장을 보자마자 고민 없이 거래를 받아들였을 거야. 상대가 퓨어세인트라지만, 마왕의 인장이라면 받아들이기에 충분하지.]

“그렇게 좋은 건가요?”

[뭐, 그건 세라스의 말대로 쓰기 나름이긴 하다만……. 내 사견을 떠나 객관적으로 보았을 때도, 이 거래의 저울에 올라가기에 차고 넘치는 자격을 가진 물건이지.]

악몽의 결정자가 아쉬움이 뚝뚝 묻어나오는 목소리로 말했다.

[상위급 마족과 계약하는 것으로 인간도 마기를 쓸 수 있기는 하지만, 아무래도 순도가 많이 떨어져. 하지만 저 인장은 소유하는 것만으로도 마왕만이 쓸 수 있는 순수하고 강력한

마기를 쓸 수 있게 해줘. 나 같은 흑마법사에게는 현자의 돌보다 가치 있는 물건이야.]

"이엘에게는 주지 않을 거예요."

[나도 그건 알고 있어. 나 또한 외차원에 묶여 있는 몸이고, 샤나크가 인장을 가진다고 해서…… 퓨어세인트를 도모할 순 없겠지. 그 위험한 일을 하게 두지도 않을 거고.]

악몽의 결정자의 대답에 흑장미여왕이 피식 웃었다.

그녀는 아까 전, 인형을 끌어안던 샤나크와 그를 어르던 악몽의 결정자의 말을 떠올렸다. 계약을 맺은 마왕마저도 집어삼켰던 흑마법사가 저리도 인간 하나를 챙기는 것은 제법 보는 재미가 있었다.

[마기를 쓸 수 있다는 것을 떠나서, 저 인장은 지금의 네게 꽤 많은 도움이 될 거다. 굳이 퓨어세인트와 싸우지 않는다고 해도 말이야.]

"왜요?"

[저건 격을 대행해 주기도 하거든.]

그 역시 이해할 수 없는 말이었다.

백현이 묻기도 전에 악몽의 결정자가 말해주었다.

[마룡왕이나 검무희는 현재 신격을 잃은 상태야. 하지만 퓨어세인트나 혈사자…… 역천자 같은 놈들은 여전히 신격을 가지고 있지. 넌 아직 그들과 직접 대면하고, 강신한 힘을 겪어

본 적이 없지?]

"……용성군이 강신한 걸 본 적은 있죠."

[네가 진짜 신격과 싸우게 된다면, 너는 아주…… 아주 많은 고생을 하게 될 거야. 네가 아무리 강하다고 해도 네 존재는 아직 필멸자로 남아 있으니까 말이지.]

선계에서 투신에게 신선과 신격의 차이가 뭐냐고 물어본 적이 있었다. 그가 말하기를, 신선은 격으로 따지자면 신격에 미치지 못한다고 했다.

본래 하위 격의 존재는 상위 격을 상대로 많은 불리함을 갖는다. 하지만 신선들은 투신의 가호 덕에 신격들과 싸움이 가능하다.

신선만도 못한 격을 가진 백현이라면, 진짜 신격과 싸울 상황에서 허무하게 당해 버릴 가능성이 컸다.

그 이전에 완전히 탈각한다면 또 모를 일이라고는 해도, 언제 할지도 모를 탈각을 기대하는 것은 위험 부담이 크다.

[마왕의 인장을 소유한다는 건, 마왕으로서 인정받는다는 것과 똑같아. 네가 사실 필멸자인 데다 마족이 아닌 인간이라고 해도, 네게 마왕의 인장이 있다는 것은 바뀌지 않지. 쉽게 말해서 이런 거야. 네가 마왕이 아니어도, 인장을 소유하게 되면 네 격은 마왕과 똑같아진다는 것이지.]

"장롱면허 같은 건가요?"

[……음, 네 말이 무슨 뜻인지 잘 모르겠어.]

드래곤볼은 알지만, 장롱면허는 모르는 모양이다.

[물론 마왕의 격을 얻는다고 해서 네가 하위 존재에게 상위 존재다운 영향력을 발휘하는 것은 아니야. 어디까지나 저 인장은 상위 존재를 상대로 적용되거든. 상대가 마족이라면 또 모를까.]

"너무 좋은 물건인데. 페널티는 없어요?"

그 질문은 악몽의 결정자와 흑장미여왕, 둘에게 향했다.

먼저 대답한 것은 흑장미여왕이었다.

"그럴 일은 없겠지만, 혹시라도 당신이 마계에 가게 된다면 그 인장 덕에 많은 고생을 하게 될 겁니다."

[그건 어쩔 수 없는 일이지. 상대가 상위 마족이나 마왕이라면 널 어떻게든 죽이려 들 거야. 마족도 아닌 놈이 마왕의 인장을 가지고 있으니 말이지.]

악몽의 결정자의 눈은 여전히 장미 인장에게 고정되어 있었다.

그녀는 긴 한숨을 내쉬며 말했다.

[……그만한 페널티를 안고서도 갖고 싶은 물건이지만 말이야. 저 인장을 갖는다면 마계에서 많은 고생을 하게 되겠지만, 그걸 떠나서 저걸 갖는 것만으로 마계에 출입할 수도 있으니 말이지.]

"마계에 갈 생각은 없는데. 가는 방법도 모르고."

[평생 갈 일은 없을 거야. 마족이 아닌 존재가 마계에 가기 위해서는 아주 복잡한 절차를 거치고 귀찮은 방법을 써서 문을 열어야 하거든. 기껏 문을 연다고 해도, 저쪽의 허락이 있지 않는 한 마족이 아닌 존재는 마계에 들어간 순간 죽어. 하지만 저 인장이 있으면 여러 가지를 생략할 수 있는 데다가, 허락이 없어도 마계에서 살아남게 해주지.]

악몽의 결정자의 눈이 인장에서 떨어졌다.

그녀는 흑장미여왕을 물끄러미 바라보며 말했다.

[인장까지 건 것을 보면 간절하긴 한가 봐?]

"그만큼 퓨어세인트를 죽이고 싶은 겁니다. 그리고……. 나에게는 더 이상 쓸모가 없는 물건이에요."

흑장미여왕이 쓰게 웃으며 대답했다.

"난 인장이 없어도 마기를 다룰 수 있습니다. 저것을 넘긴다고 해서 내 격이 떨어지는 것도 아니죠. 내게 있어서 저 인장은, 한때 마왕이었던 것에 대한 증명밖에 되지 않아요."

[하지만 저건 네가 마왕임을 증명하는 인장이야. 저게 없다면, 넌 마계에서 마왕으로 인정받을 수 없을 텐데?]

"마계에 돌아갈 수 없는 몸인데 무슨 필요가 있겠습니까?"

그 대답에 하녀가 고개를 푹 숙였다. 흑장미여왕은 손을 뻗어 하녀의 어깨를 쓰다듬어 주었다.

"지금은 버티고 있지만, 내 존재에 깊숙이 박힌 파편은 언젠가 나를 죽일 겁니다. 그게 없더라도 나는 마계에 돌아갈 수도 없는 몸입니다. ……그러니, 인장을 넘기는 것이 아깝지는 않습니다. 퓨어세인트를 죽일 수만 있다면요."

[그렇다면 네가 선택할 차례군.]

악몽의 결정자가 고개를 돌려 백현을 쳐다보았다.

[아까도 말했지만, 나는 저걸 취하는 것이 낫다고 봐. 하지만 이 약속에 적절한 조율이 먼저 필요하겠어.]

"조율?"

그 말에 흑장미여왕이 의문스러운 목소리를 냈다. 악몽의 결정자는 천천히 고개를 끄덕거리며 말을 이었다.

[세라스. 네가 말한 조건은 인장을 주는 대신에 퓨어세인트를 죽여달라는 것이지? 하지만, 저 녀석에게 당장 인장이 쥐어진다고 해서 퓨어세인트를 죽일 수는 없어.]

"……그렇겠죠."

"맞아요."

흑장미여왕과 백현의 생각은 동일했다.

인장을 얻음으로써 마기를 쓸 수 있고, 마왕의 격을 얻는다고 해도. 퓨어세인트를 죽일 수 있느냐는 전혀 다른 문제다.

[그러니 조율이 필요한 거야. 거래가 성사된다고 해도, 저 녀석이 당장 퓨어세인트를 죽일 수 없으니까.]

"그런 문제라면 상관없습니다."

흑장미여왕이 피식 웃었다.

"퓨어세인트를 죽인다. 그것만 확실히 맹세해 준다면, 그녀의 죽음이 내 소멸 후에 집행된다고 해도 상관없습니다. 기왕이면 내가 소멸하기 전에 그녀의 죽음을 보고 싶지만요."

[유예는 따로 두지 않겠다는 건가?]

"서둘러 도모할 만한 상대가 아니라는 것은 내가 가장 잘 알고 있습니다."

[좋아. 구두 계약보다는 확실히 계약서가 있는 편이 낫겠지.]

악몽의 결정자가 손을 흔들었다. 그러자 허공에서 검은 불꽃이 타오르더니, 불꽃 속에서 두 장의 계약서와 펜이 나풀거리며 떨어졌다.

악몽의 결정자는 앞장서서 백현과 흑장미여왕의 앞에 계약서를 나눠주었다.

"당신이 이렇게나 적극적인 것은 좀 의외군요."

[나도 저 녀석과 약속해 둔 것이 있어서 그래.]

"약속?"

계약서를 확인하던 흑장미여왕이 봉제 인형을 쳐다보았다.

[너와의 만남에서, 무조건적으로 저 녀석을 돕기로 했거든. 만약 세라스, 네가…… 음, 저 녀석을 죽이려고 했다면. 나는 강신을 감행해서라도 저 녀석을 도왔을 거야.]

"……그 대신에 당신은 무엇을 얻는 건가요?"

흑장미여왕이 이해할 수 없다는 표정을 지으며 물었다.

모든 마법사에게 그러하겠지만, 흑마법사에게 있어서 계약은 굉장히 크고 무거운 의미를 갖는다.

흑장미여왕이 기억하는 악몽의 결정자는 소름 끼칠 정도로 잔혹한 흑마법사였다. 그런 악몽의 결정자가 저만한 조건을 걸면서 대체 무엇을 약속받았는지 짐작도 되지 않았다.

[내 사도를 죽이지 않기로 했어.]

악몽의 결정자가 대수롭지 않다는 목소리로 대답했다.

그 대답에 흑장미여왕은 계약서를 작성하는 것마저 멈추고서 놀란 표정을 지었다.

[사전 조건까지 붙여가면서 말이야. 절대로 배신하지 않겠다는 조건.]

"……이엘. 정말 당신이 맞는 건가요? 왜 그런……."

[가치란 건 존재마다 다른 법이야.]

악몽의 결정자가 키득거리며 대답했다.

[얼핏 보면 내 쪽이 엄청난 손해를 보는 계약이지만…… 지금만 해도 봐봐. 난 이, 오늘이 지나면 내게 아무런 구속이 되지 않는 계약을 통해, 마왕의 인장을 갖고 탈각을 앞둔 존재와 영원토록 우호적인 동맹을 맺게 된 거야. 이러면 절대로 내 손해가 아니지?]

"……."

그 대답에 흑장미여왕은 잠시 눈을 깜박거렸다. 그 뒤에는 작은 소리로 웃음을 터뜨렸다.

[물론 네가 저 녀석을 공격했다면…… 나도 아주, 아주 귀찮았겠지만. 나는 네가 절대로 저 녀석을 함정에 빠뜨리기 위해 부르지 않았으리라 확신했어.]

흑장미여왕의 웃음소리에 화답하듯 악몽의 결정자가 키득거리며 웃었다.

[결국 내 예상대로 된 거야.]

백현은 넘겨받은 인장을 내려 보았다. 그건 여전히 장미의 모습을 하고 있었다.

정식으로 양도받아 인장은 백현의 소유가 되었지만, 그렇다고 모양이 바뀌는 것은 아닌 모양이다.

디자인이 아쉬운 건 아니다. 어차피 액세서리로 쓸 것도 아니고, 인벤토리 구석에 처박아두고 잊고 지내겠지.

하지만.

"……음."

인장을 사용하는 방법은 그리 어렵지 않았다. 인장의 주인이 된 순간부터, 원하는 만큼 마기를 사용할 수 있다.

그건 단전에서 내공을 끌어내는 것과 똑같았다. 몸속 어딘가에서, 실제로 존재하지는 않는다고 해도 마기를 끌어오는 기관이 있다. 처음에는 의식하는 과정이 필요했지만, 지금은 바라는 순간 마기를 끌어낼 수 있다. 하지만 이 힘은 심상치 않다.

백현은 손바닥을 들어보았다. 끌어낸 마기가 뭉클거린다. 시커먼 색은 백현의 내공과 비슷했지만, 자신의 힘임에도 불쾌한 느낌이 강했다.

'끈적거리는 것 같아.'

명공의 힘을 볼 때도 느꼈던 것이지만, 직접 써보니 마기가 얼마나 불길한 힘인지 잘 알겠다. 내공처럼 사용하는 것은 가능할 것 같은데, 마기 자체의 불길함이 아직 익숙지가 않아 영 위화감이 들었다.

"당분간 이곳에서 지내도록 하세요."

흑장미여왕은 오랜 시간 지니고 있던 마왕의 인장을 넘겼음에도 그다지 아쉬움은 없어 보였다.

"당신이 천부적인 전투 재능을 가지고 있다는 것은 나 역시 알고 있지만, 마기라는 생소한 힘을 제대로 다루기 위해서는 내 조언이 필요할 겁니다."

"네."

백현은 순순히 고개를 끄덕거렸다.

잘 알지도 못하는 힘인 데다 너무 불길하다. 아직 흑장미여왕에게 검무희에 대해 묻지도 않았으니, 당분간은 로즈덤에서 지내는 편이 좋을 것 같았다.

사라는 그 결정이 마음에 들지 않아 보였지만, 대놓고 반발하지는 않는 것을 보니 저 힘이 꺼림칙하다는 것을 납득한 모양이었다.

흑장미여왕의 방을 나오고, 하녀의 안내를 받아 묵을 방을 배정받았다. 배정받은 방은 굉장히 넓었지만, 무너져 가는 모습 그대로 멈춰 있었다.

백현은 잠시 동안 방의 풍경을 바라보았다. 그러다 뒤를 힐긋 보니, 이곳까지 안내해 준 하녀가 문을 닫지 않고 백현을 바라보고 있었다.

"뭐 할 말이라도?"

"……너무 늦지 않게 부탁드립니다."

잠시 백현을 바라보던 하녀가 꾸벅 고개를 숙였다.

너무 늦지 않게. 흑장미여왕이 완전히 잘못되기 전에, 그녀와 한 약속을 이행해 달라는 것이다.

백현은 쓰게 웃으며 대답했다.

"노력해 볼게요."

하녀가 방을 나간 뒤, 백현은 즉시 가부좌를 틀고 앉았다.

아까 전 흑장미여왕과 나누었던 이야기는 머릿속에 정리되었다.

5년 전 퓨어세인트가 혼돈의 근원을 취했던 것은 정황상 사실로 보였고, 혼돈이 폭주한 배후에 바로 퓨어세인트가 있었다.

그 당시에 퓨어세인트가 대체 뭘 하려고 한 것인지는 알 수 없지만, 그녀는 하고자 한 일에 실패하고서 기껏 손에 넣은 근원을 잃어버렸다.

'일단 여기까지.'

이것들은 어디까지나 흑장미여왕의 입장에서 들은 이야기다. 제대로 된 진실을 알기 위해서는 퓨어세인트를 만나는 것이 가장 빠른 길인데, 더 이상 백현은 퓨어세인트와 우호 관계를 맺을 수가 없게 되었다.

'뒤가 구린 것은 확실해. 친해져서는 안 될 성격이야.'

호되게 뒤통수를 맞은 흑장미여왕의 경우가 있기도 하고.

정리되지 않았던 것들이 아귀가 맞아떨어진다. 마룡왕이 진 웨이를 죽였던 것도, 하이로드가 퓨어세인트와 이전부터 작당하고서 물을 먹인 것이라면 타당한 증오였다.

"이거 복잡하네."

백현은 눈을 찡그리며 손목에 채워진 팔찌를 노려보았다.

관리국은 고스트를 제외한 모든 헌터에게 이 팔찌를 발급하고, 최소한의 관리를 하고 있다. 그리고 그 관리국의 간부들은 대부분이 하이로드의 권속이다.

여태까지는 크게 의식하지 않았지만, 퓨어세인트를 적으로 삼는다면 팔찌에 대해서도 의식해야만 했다. 퓨어세인트와 적대 관계가 된다면 하이로드와도 적이 된다는 뜻이다.

'내 편은 누구지?'

하이로드와 퓨어세인트는 적. 역천자도 적. 그리고 헌드레드.

역천자의 곁에는 헌드레드가 있을 것이다. 유계의 방랑자와 월드이터는 예전에 들은 아프라스의 이야기로 유추해 보면, 호른 지하에서 사라가 죽였던 키마이라처럼 완전히 자아가 상실되어 몸뚱이만 남았다고 봐야 한다.

그에 대해서는 악몽의 결정자와도 상담했었다.

몸뚱이만 남은 유계의 방랑자가 팔로워에게 권능을 발휘할 수 있는가?

악몽의 결정자는 그에 대해서는 명확한 답을 해주지는 못했다. 아마 역천자의 술법이 작용하지 않았을까 하는 추측뿐.

어찌 되었든, 마룡왕과 검무희를 제외한 나머지 놈들은 역천자와 같은 편이라 묶는다.

……검무희는 적인가?

'일단은 적.'

마룡왕은 잘 모르겠다.

하지만 마룡왕이 하이로드와 퓨어세인트에게 여전히 확실한 적의를 가지고 있다면. 적은 친구라는 말도 있고, 마룡왕 본인이 백현에게 꽤 큰 호의를 가지고 있으니 마냥 적이라고 할 수는 없다.

'무령, 악몽의 결정자, 흑장미여왕…….'

저들은 일단 백현의 우군이다. 애매한 것은 아이언메이드와 용성군 쪽. 사도와의 관계는 원만하지만, 군주들과는 영 거리감을 알 수가 없다.

그리고 재생의 뱀. 왜 재생의 뱀이 월드이터에 대해서 알려주지 않은 것인지는 여전히 의문으로 남아 있다. 적이 되고 싶지는 않지만, 수상한 것은 어쩔 수 없다.

혈사자와 암막의 주인. 그들은 두말할 것 없이 적이었다. 헤루샤의 태도를 보면 암막의 주인에게 무언가 꿍꿍이가 있는 것 같기는 하지만, 그건 백현이 알 바가 아니었다.

위치엔드. 속내를 모르겠다. 리셀은 지금 어디에서 무엇을 하고 있을까.

템페스트……. 그 군주 또한 적인지 아군인지 구분이 되지 않는다. 호른에서 템페스트의 사도가 되었던 호센은 진심으로 백현을 죽이려 했다. 그건 템페스트의 명령이었나?

만약 그렇다면. 싸울 적이 많다는 것은 기쁜 일이다.

백현은 열병처럼 뜨거운 흥분을 가라앉히며 마음을 고요히

했다.

마기가 피어올랐다. 뭉글거리며 솟구친 마기가 백현의 손안에서 모였다.

백현은 뭉친 마기를 예의 주시하며 심안을 떴다.

마기는 아까 전에도 끌어내 보았다. 이제는 이것을 어떻게 사용하느냐를 고민해야 한다.

마기는 내공과는 전혀 다른 힘이다. 허주의 요력이나 마룡왕의 용마력. 명공을 보았을 때 받은 인상은 저것들과 비슷하다는 것이었으나, 직접 사용해 보니, 보다 확연히 알 수 있었다.

이건 내공보다 훨씬 폭력적인 힘이다. 도원경에서의 수행을 통해 내가기공술에는 도가 텄기에 백현에게 있어서 내공을 강기로 제련하는 것은 숨 쉬는 것만큼이나 쉬운 일이다. 하지만 마기의 폭력성은 강기보다 더했다.

의식해서 내공을 끌어 올린다. 왼손에 모인 강기를 힐긋 보고서, 오른손의 마기와 천천히 결합해 본다.

양팔이 후들거리며 떨렸다. 무턱대고 섞는 것은 거센 반발을 만들었다. 힘을 준 팔뚝에서 근육이 파열되는 것이 느껴졌다.

멈추지 않았다. 손가락이 뒤틀리는 것을 내버려 두고서 더 가깝게 상극인 힘을 섞는 것을 시도했다. 마음은 여전히 고요했고 심안은 또렷했다.

'이건 써먹을 수 있겠어.'

두 종류의 힘이 부딪치면서 거센 흐름을 만들어낸다.

흐름이야 어디에나 존재하는 것이지만, 이 경우에는 백현이 의도할 수 있다는 것이 중요했다.

천의무봉은 흐름에 간섭한다. 심안은 흐름을 본다. 마기와 내공의 결합은 인위적인 흐름을 만들어낸다.

의도한 흐름을 천의무봉으로 조율한다면, 밝지 않은 심안으로도 검무희의 허를 찌를 수 있을지도 모른다.

백현이 쓸 수 있는 공격기 중 가장 강력한 것은 역시 파천이다. 어비스의 혼돈에 간섭해 사용했던 파천은, 마룡왕마저도 죽음의 위기를 느끼게 만들었었다.

하지만 파천은 여러모로 미완성인 데다, 어비스에서 쓰지 않는다면 그만한 위력을 만드는 것이 불가능했다. 그러나 마기를 응용한다면 미완성인 파천을 완성할 수 있다. 혼돈의 흐름에 간섭해 펼쳤던 파천은 통제가 되지 않았지만, 마기를 응용하면 흐름 자체를 인위적으로 만들어낼 수 있으니 통제를 벗어날 걱정도 없다.

'해봐야 아는 거지만.'

단순히 내공처럼 써먹어서 공격해도 차고 넘치는 위력이 나올 것이다.

'마기를 의념과 결합할 수 있을까?'

백현은 강기를 물리고, 마기만을 양손에 모아서 움직여 보았다.

아직은 감이 잘 잡히지 않는다. 꽤 오랜만에 몰두할 만한 수행거리가 생긴 것 같았다.

8장
마주쳤다

제주도에 온 이유는 별것 없었다. 사실 그렇게까지 폄하할 일은 아니지만, 서민식에게 있어서는 별것 아닌 일이었다.

으레 있는 일이다. 명확한 대처 방안을 내놓을 순 없고, 사람들의 불만은 듣기 싫으니 별 의미도 없는 일을 벌이는 것.

즉, 그것이다. 이건 아무 의미 없이, 대중들의 불안을 잠재우기 위한 쇼일 뿐이다.

백현이라는 괴물과 재생의 뱀의 사도가 된 정수아 때문에 서민식은 이전만큼 '실력'으로서 주목받지는 않았다.

그가 템페스트와 계약한 헌터 중에서 독보적이라 할 정도의 실력을 갖추고 있다고 하여도, 결국 사람들은 눈에 보이는 숫자를 좋아했다.

그렇다고 서민식의 네임 밸류가 예전보다 떨어진 것은 아니었다. 오히려 지금의 서민식은 죽은 박준환 다음이자 한국 랭킹 2위였을 과거보다 더한 전성기를 누리고 있었다.

레벨이 높고, 강한 헌터는 얼마든지 있다. 하지만 사연이 있는 헌터는 흔치 않았다.

고아원 시절부터 친구였던 백현의 병원비를 홀로 부담하고, 죽은 호센의 딸의 졸업식에 아버지 대신 참석했다. 본래부터 누리던 인기에 미담이 더해졌다.

거기에 친구인 백현이 까탈스러운 성격과 터무니없는 힘을 가진 존재라는 것이 서민식의 존재를 더욱 부각시켰다.

관심을 받는 것이 싫지는 않다. 어린 시절 천덕꾸러기로 여겨지며 별 애정을 받지 못한 탓인지, 서민식은 타인이 자신에게 관심을 주는 것을 꽤 즐기는 성격이었다.

당연한 말이지만 비난보다는 칭찬이 좋다. 백현의 병원비나 미하루의 졸업식에 참석한 것은 관심을 받고 싶어서 한 행동은 아니었지만, 그로 인해 모이는 주목을 나서서 내칠 만큼 절개 넘치는 성격은 아니다.

관리국 쪽에서 제주도를 탐색해 달라는 연락이 왔을 때. 그리 거부감은 들지 않았다.

동해 쪽에서 사라진 몬스터가 남하했을 수도 있다는 덧붙임에 근거 따위는 없었다. 그냥 바다 한가운데에 있는 섬이고,

유명하고, 크니까. 마침 관광 시즌이기도 하고. 관리국이 그런 말을 한 것은 아니지만, 서민식은 스스로 그렇게 납득했다.

'말이 탐색이지.'

인기 많은 헌터들을 불러다 놓고 관광 스팟을 돌아다니면서, 별 기능도 없어 보이는 아티펙트를 보란 듯이 들어다가 이곳저곳 살핀다.

그런 촌극을 벌이고 있으면 도민과 관광객들이 연신 사진을 찍어대고, 기자들까지 몰려와서 이 병신 짓을 그럴듯하게 포장해 주었다.

뭐, 이해는 한다. 보여주기 뿐인 쇼.

검무희가 동해 쪽에서 사라진 지 며칠이 흘렀지만, 관리국은 검무희가 대체 어디로 갔는지도 파악하지 못하고 있다. 그 덕에 시민들의 불안은 극에 달했다.

이 헛짓거리는 검무희를 찾아내는 것에 아무 도움도 되지 않겠지만, 관리국이 무언가를 한다는 것만으로도 시민들의 불안은 줄어든다.

"뭐, 제주도 관광이라고 생각하면 편하잖아요."

담배를 꼬나문 헌터가 서민식에게 말을 걸었다.

인상을 잔뜩 구기면서 담배를 빽빽 피우던 서민식은 말을 건 헌터를 바라보았다. 꽤 반반한 얼굴. 아이돌 연습생 출신이라고 했던가?

연습생 시절에 배운 것인지, 의미 없는 탐색을 하면서도 시민들과 아이 캐치를 하며 눈웃음을 치는 것이 꽤나 인상적이었던 놈이다.

“그리고 진짜 뭔가를 발견할 수도 있잖아요. 그, 탐색 아티펙트. 가짜는 아니었으니까.”

“넌 몬스터가 성산 일출봉 와서 해돋이 볼 것 같냐?”

서민식은 물고 있던 담배를 재떨이에 지져 껐다. 대놓고 준 면박이었는데도, 놈은 싹싹한 웃음을 지으며 재빨리 서민식에게 새 담배를 건네주었다.

“아니면, 어? 지금 여기, 세화 해변 와서 바다 보면서 투명 카약 타고 놀 것 같아?”

“뭐…… 사람이랑 똑같이 생겼던데. 그럴 수도 있지 않을까요? 아, 카약 하니까. 우리 이따가 카약도 타야 돼요.”

“×팔, 그건 왜 타?”

“형 말대로 몬스터가 카약 타고 놀고 있을 수도 있으니까…… 아닐까요.”

“겁나 긍정적이네.”

“형이 너무 부정적인 거예요. 이게 다, 시민들 안심시켜려고 그러는 거 아니겠어요? 형도 얼굴 너무 구기지 말고 웃어요. 우리 보러 많이들 와주셨는데.”

‘언제부터 친했다고 형이라 불러대는 거야.’

그렇게 생각했지만 직접 내뱉지는 않았다. 표정 구기는 거야 상관없지만 저런 말을 직접 해버렸다가 저 자식이 어디서 떠들기라도 하면 평판이 나빠진다.

"넌 마인드 보니까 헌터보다 아이돌 하는 게 어울렸겠는데. 왜 여기서 이러고 있는 거야?"

담배에 불을 붙이며 투덜거렸다.

의미 없는 탐색이라 생각하는 이유는, 관리국 쪽에서 제주도를 대대적으로 탐색하겠다며 사전에 공표했기 때문이다. 그것도 참가하는 헌터들의 목록까지.

덕분에 잘난 헌터들을 따라다니는 팬들이 대거 제주도로 따라와 버렸다. 이쯤이면 작정하고 벌인 관광 사업 아닌가?

"어우, 연습생을 몇 년째 했는데……. 데뷔는 각도 안 보이고, 생활비나 벌려고 어비스 들어왔는데, 제 재능은 아이돌이 아니라 헌터였나 봐요. 뭐 좋잖아요? 나 어지간한 아이돌보다 인기 많은데."

"케이블에서 좀 병신 같은 기획 하나 하던데. 너한테 제의 안 왔냐? 유명 헌터들 모아서 아이돌 그룹 만든다는 거."

"당연히 왔죠. 이미 출연 계약도 맺었어요. 그러는 형은요?"

"나도 왔지."

"형이랑 같이하면 좋겠다. 형도 잘생겼고, 미담 제조기에. 캐릭터 확실하잖아요. 형 출연하면 시청률 확 뛸 텐데."

"난 안 해. 내 친구 새끼 좀 꼭 꼬셔서 같이해 달라길래 정중하게 꺼져달라고 했어."

그 말에 헌터가 두 눈을 끔벅거렸다. 서민식이 말하는 친구가 누구인가는 고민의 의미가 없었다.

"……그, 분까지 오면 정말 대박일 텐데. 비주얼이 조금 떨어진다지만 독보적인 캐릭터잖아요?"

이 새끼. 지금 내 친구보고 못생겼다고 까는 건가? 못생겼다 할 얼굴은 아닌데?

"야, 너 방금……."

이건 화를 내야겠다 싶어서 정색하려는데.

[템페스트가 비명을 지릅니다.]

[템페스트가 경고합니다.]

[템페스트가 당신의 이름을 외칩니다.]

[템페스트가 도망치라고 외칩니다.]

머리가 찡, 하고 울렸다.

연이어 울리는 머릿속의 목소리에 서민식은 하던 말을 멈추고 휘청거렸다.

"혀, 형? 왜 그래요?"

'누가 네 형인데.'

목소리가 멈추지 않는다.

'대체 뭔데? 갑자기 왜 이러는 거야?'

서민식은 찌르르 울리는 머리를 양손으로 부여잡고 고개를 들었다. 뭔지 알려주지도 않고 경고하고, 도망치라고 외쳐대는 것이 진절머리난다.

그러다가 눈이 마주쳤다.

꽤 멀다.

바닷가와 맞닿은, 근처의 카페. 거기서 누군가가 서민식을 물끄러미 쳐다보고 있었다.

정작 서민식은 누가 자신을 보는 것인지 알 수 없었다.

템페스트가 머릿속에서 날뛰는 것은 저 시선 때문인 것이 분명했다.

'하지만 저게 대체 뭔데?'

그런 의문을 갖지만 역시 템페스트는 대답해 주지 않았다.

"그럴 줄 알았어."

"네?"

서민식의 중얼거림에 앞에 있던 헌터가 고개를 갸웃거렸다.

헌터는 걱정 가득한 눈으로 서민식을 쳐다보았지만, 서민식은 표정을 구기고서 담배만 뻑뻑 피웠다.

"잠깐 어디 좀 다녀온다."

"네?"

필터 끝까지 피운 담배를 재떨이에 지져 끄며 내뱉었다.

그 말에 헌터가 눈을 휘둥그레 뜨며 되물었지만, 서민식은 대답하지 않고 성큼성큼 흡연장을 빠져나왔다.

"자, 잠깐 형! 우리 카약 타야 된다니까요?"

"너나 실컷 타라."

작은 목소리로 중얼거리며 걸음을 재촉했다. 그러면서 검지에 끼운 팔찌에 마나를 불어넣었다. 그러자 아티펙트가 발동되어 서민식의 얼굴이 바뀌었다.

원체 유명하다 보니 사생활을 위해 예전에 구입했던 얼굴 변경 아티펙트. 진짜 얼굴이 바뀌는 것이 아니라 덧씌우는 것에 가깝지만, 일반인의 눈은 충분히 속일 수 있다.

카페에서 보내지는 시선은 아직까지 서민식을 보고 있었다.

서민식은 욱신거리는 머리와 긴장으로 쿵쾅거리는 심장을 무시하며 카페로 향했다.

[템페스트가 비명을 지릅니다.]

[템페스트가 가지 말라고 외칩니다.]

지긋지긋하다. 제대로 말해주는 것은 하나도 없으면서, 일방적으로 머릿속에서 떠들어대는 외침들.

이게 무모하고, 무식한 선택이라는 것은 잘 알고 있다. 하지만 언제까지 템페스트의 목소리에 시달려야 한단 말인가.

저 카페에 뭔가가 있다. 이건 제 몸을 담보로 한 시위와 같았다.

"막고 싶으면 말해봐."

서민식은 작은 소리로 중얼거리며 아랫입술을 뿌득 씹었다.

템페스트가 이렇게까지 격한 반응을 보이는 것을 보면, 카페에서 향해오는 시선의 주인이 심상찮은 존재임은 틀림없었다. 그리고 템페스트는 그 존재와의 접촉을 두려워하고 있다.

하지만 서민식은, 이상하게도 느낄 수 있었다. 저 시선은 서민식에 대한 어떠한 적의나 살의를 품고 있지 않다. 긴장으로 쿵쾅거리던 심장도 어느새 고요히 가라앉았다. 유난을 떠는 것은 템페스트뿐이다.

[템페스트가 가면 안 된다고……]

오가는 인파의 웅성거림 속에서도 목소리는 분명하게 들려온다. 듣지 않았다.

카페는 코앞이었다. 문을 열고 들어가, 일단 음료를 주문했다. 인당 한 잔은 무조건 주문해야 한다는 말을 정중하게 포장해 적은 종이가 보였기 때문이다.

제주도에는 이런 카페가 많았다. 바닷가가 훤히 보이는 야외 카페. 서민식은 바다를 보면서 마시는 음료가 뭐 그리 각별하다는 감성은 도무지 이해할 수 없었지만, 시선의 주인도 그런 감성을 즐기던 모양이었다.

여자였다. 검은 선글라스를 낀 여자. 아무 무늬 없는 흰 티와 청바지를 걸친 여자는 관광객이라기보다는 이 근처에 사는 주민처럼 보였다.

위화감이 강했다. 야외 테라스로 나와 몇 번 둘러볼 때는 분명히 여자의 존재를 눈치채지 못했다. 그런데, 이곳이 아닌가 싶어 자리를 뜨려 할 때. 그 순간에 서민식은 난간 근처에 앉아 자신을 빤히 보는 여자를 눈치챌 수 있었다.

틀림없었다. 템페스트의 비명이 확신을 주었다.

서민식은 잠시 심호흡을 하고서 여자에게 가까이 다가갔다.

"나 알아요?"

무턱대고 묻는 질문에 예의 따윈 없었다. 하지만 예의를 따지려면 노골적으로 이쪽을 쳐다보던 여자에게 먼저 따져야 하지 않은가.

"잘은 모릅니다."

여자는 선글라스를 벗지 않았다. 고개만 살짝 들어 서민식을 올려 볼 뿐이다.

서민식은 여전한 위화감을 느끼며 여자의 얼굴을 내려 보았다. 얼굴을 가리는 것은 고작 선글라스 하나. 그런데도 여자의 얼굴이 잘 보이지 않는 것 같은 기분이었다.

특히 선글라스를 통해 살짝 보이는 눈. 분명 보이는데, 잘 보이지 않는 것 같다.

"앞에 앉아도 돼요?"

[템페스트가 비명을 지릅니다.]

'넌 결국 말뿐이야.'

서민식은 들으란 듯이 그런 생각을 했다.

여자가 고개를 끄덕거렸다.

테이블 위에는 거의 마시지 않은 음료와, 뒤집힌 책이 보였다. 힐긋 쳐다보니 어느 서점에서나 팔고 있는 흔해 빠진 패션 잡지였다.

흰 티에 청바지, 액세서리 하나 없이 선글라스 하나. 그런 옷차림으로 패션 잡지를 보고 있는 모습은 의외로 분위기가 있었다.

'얼굴이 깡패군.'

얼굴이 잘 보이지 않는다고 느끼는 주제에 이런 생각을 하는 것도 우습다.

서민식은 여자의 맞은편에 앉아서 그녀를 빤히 쳐다보았다.

"잘은 모른다는 것은 무슨 말이에요?"

"당신의 이름이 서민식이라는 것과 이 섬에 온 이유가 도주한 몬스터의 탐색을 위해서라는 것은 압니다. 하지만 당신이라는 개인이 어떤 사람인지는 모릅니다."

"대부분의 사람이 그럴 텐데? 나랑 사적으로 아는 것도 아니고 그 정도면 됐죠."

그 대답에 여자가 어깨를 으쓱거린다.

서민식은 벌써 반쯤 마신 아메리카노를 테이블에 올려두었다.

"왜 날 쳐다본 거예요?"

"당신에게 관심이 있습니다."

"날 개인적으로 알고 싶다는 거예요? 그럼 좀 곤란한데."

농담처럼 말해보면서 여자를 살핀다. 왜 템페스트가 그녀를 경계한 것인지는 아직 알 수가 없었다.

"그래도 뭐, 그럴 수도 있다고 생각해요. 왜 관심을 가진 건데요?"

"당신을 보았으니까요."

뭔 뜬구름 잡는 이야기야.

서민식의 눈썹이 찡그려졌다. 이게 그 말로만 듣던 사차원 컨셉인가.

'대체 언제 적 컨셉이야?'

"아, 그래요. 나도 새 친구 사귀는 건 좋아해요. 적당한 선만

지킨다면 말이지. 그러니까, 우선 서로를 좀 알아가는 시간을 가지자고요. 그쪽은 내 이름이랑 뭐 하는 놈인지 아니까 내 소개는 안 해도 되겠고. 그쪽 이름이나 좀 알려줄래요?"

그렇게 묻자 여자는 잠시 동안 침묵했다.

풍경이 조금 일그러지는 것처럼 보인다. 잘 보이지 않던 여자의 얼굴이, 점차 또렷하게 보였다.

"검무희."

위화감에 몰려 대답을 재촉하려 한 순간. 여자가 자신이 누구인지 말했다.

피가 차갑게 식는 것 같았다. 제주도까지 탐색을 나온 헌터들은 찾고자 하는 몬스터의 이름조차 알지 못했지만, 서민식은 화천 어비스에서 튀어나와 백현과 싸우고 사라진 몬스터의 이름을 알고 있었다.

검무희. 서민식이 찾는 몬스터가, 바로 눈앞에 있었다.

천천히 선글라스를 벗는 그녀를 보면서 서민식은 아무런 말도 할 수가 없었다.

머릿속의 목소리가 시끄럽다. 뒤섞이는 목소리가 듣기 싫은 노이즈가 되었다.

"날 알고 있는 모양이군요."

"……검씨가 흔한 성씨는 아니니까."

서민식은 긴장을 내색하지 않으며 그렇게 말해보았다.

"당신이 백현…… 과 친구라는 것은 알고 있습니다."

"이게, 좀, 생각하고 싶지 않은 질문인데. 설마 날 어떻게 해서, 내 친구를 × 같은 상황에 밀어 넣으려는 건 아니겠죠?"

"그런 생각은 하지 않으셔도 됩니다."

선글라스를 벗은 검무희가 빙긋 웃었다. 진심인지 아닌지 알 수 없는 미소였다.

"당신을 본 것은 백현과는 아무런 관계가 없습니다. 그냥…… 관심이 가서. 그게 전부입니다."

"……더 알 수 없는 말이네. 왜요? 몬스터 잡겠다고 설치는 우리가 보기 꼴같잖아서?"

"그것과도 상관없습니다."

검무희가 고개를 젓고는 손을 뻗어 서민식을 가리켰다.

"……보이나 보네."

서민식은 작은 목소리로 중얼거렸다.

검무희의 손끝은 서민식을 향해 있었지만, 그게 자신을 가리키는 것이 아니라는 것은 알았다.

"나는 템페스트를 압니다. 실제로 본 적도 있고. 하지만, 당신의 뒤에 있는 정령은…… 굉장히 낯설군요."

어비스에서 템페스트와 그 권속인 정령의 군대를 본 적 있었고, 미친 듯이 덤벼오는 템페스트와 싸워본 적도 있었다. 하지만 템페스트의 정령 중에서 저렇게나 이질적인 느낌을 전해

주는 정령은 없었다.

"사람 모습이라서 그런가 보죠."

서민식은 대수롭지 않다는 투로 대답했다.

하지만 저 '정령'의 존재는 그에게 있어서도 그리 파고들고 싶지 않은 의문이긴 했다.

호센은 템페스트의 사도가 되어, 정령이 되었다. 그렇다면 저건 호센인가, 정령인가? 인간에게 '혼'이 있다면, 저렇게 된 호센의 혼은 어디로 간 걸까. 차라리 정령이라기보다는 유령이라고 하는 편이.

"……날 쳐다본 건 그게 전부예요? 내 뒤에 있는 정령이 신기해서?"

꺼림칙하다. 오컬트 같은 이야기. 깊게 생각하고 싶지 않았다.

서민식은 괜히 테이블 위에 있는 패션 잡지를 가리켰다.

"저건 왜 보고 있는 거예요? 바깥으로 나오니까 패션에도 관심이 생겨서?"

"난 글자를 읽을 수 없습니다."

검무희는 무덤덤한 목소리로 대답했다.

"이렇게 말을 하는 것은 문제가 없더군요. 따로 언어를 의식하는 것은 아니지만, 이 나라 사람이 아닌 다른 나라의 사람과도 평범하게 이야기는 나눌 수 있습니다만. 글자는 읽을 수 없어요."

"그래서 패션 잡지를?"

"저런 류의 책은 글자보다는 사진을 보는 것이니까요. 장문이 적혀 있을 때마다 내용이 궁금하기는 하지만, 사진을 보는 것도 꽤 즐겁기는 합니다. 이 세계의 사람들의 모습이 다양하게 실려 있으니까요."

"돈은 어디서 나셨대."

서민식은 작은 소리로 투덜거렸다. 그러자 검무희는 마주 웃으며 대답했다.

"빼앗았습니다."

"……네?"

"오해의 소지가 다분한 말임은 알지만, 어쩔 수 없었죠. '생활'을 하기에는 최소한의 돈이 필요했고, 나 같은 존재가 이 세계에서 돈을 벌 만한 일은 많지 않았어요."

"……지금 강도 짓을 했다고 고백하는 거예요?"

오해는 뭔 오해야. 그냥 범죄잖아.

서민식은 떨떠름한 얼굴로 검무희를 쳐다보았다. 하지만 검무희는 한 점 부끄럽지 않다는 얼굴과 목소리로 대답했다.

"죄 없는 사람의 돈은 빼앗지 않았습니다. 밤거리, 사람이 많은 곳. 그중에서 특히 으슥한 곳에서는 다양한 범죄가 벌어지곤 하더군요. 알량한 힘을 믿고 약자를 갈취하는, 강자인 척하는 생쥐들이 많았어요."

"……죽인 건가요?"

"그럴 필요까지는 없더군요. 꼬리를 밟히지 않을 자신은 있었지만, 괜히 눈에 띄는 짓은 하고 싶지도 않았고."

양아치의 돈을 빼앗았다지만 그게 범죄가 아닌 것은 아니다. 하지만 굳이 그것을 따지고 싶은 생각은 없었다.

서민식은 식은땀으로 축축하게 젖은 손을 쥐었다 폈다.

"……이게, 심문 같기는 한데. 아니, 심문 맞지만. 여기서 뭐하고 있는 겁니까?"

"사람을 보고 있었습니다."

검무희가 대답했다.

그녀는 거의 마시지 않은 음료의 잔을 자기 쪽으로 당겼다. 아직 보글거리는 탄산이 남은 레모네이드였다.

"그리고 세상도. 내가 모르는 것들을 알아가고 있었습니다."

"……그래서, 어때요?"

"만족했느냐를 묻는 겁니까."

"개인적인 감상이나."

"좋았습니다. 내가 확실하게 보고 겪었다고 생각하는 풍경과는 너무나도 달라서. 많은 사람과 활기와 바다와 이야기들. 내 빈 곳을 나 자신의 바람으로 채워가는 것 같아서."

한 모금 목을 축이고서, 검무희는 피식 웃었다.

"먹고 마시는 것도. ……알아가고, 나를 채워갑니다. 식음(食

飮)의 즐거움은 느낀 적이 없었는데, 그걸 알아가고 있어요."

"제주도는 말고기랑 회지. 고등어나 갈치 회. 그거나 먹어봐요."

……지금까지의 대화를 보면 그렇게 나쁜 사람, 아니, 나쁜 몬스터는 아닌 것 같다. 자신의 빈 곳을 채워간다는 말은 무슨 말인지 도통 알 수가 없었지만.

사실 처음부터 생각해 보면, 저 검무희라는 몬스터가 사람을 죽인 적은 한 번도 없다. 그냥 어비스에서 튀어나와, 주변의 헌터들을 기절시키고 도망친 것이 전부다.

'현이도 안 죽였고.'

백현은 자신이 졌다고 했다. 검무희가 그러고자 했다면, 죽었을 것이라고도 말했다. 하지만 결국 죽이지 않았다.

"못 본 척할게요."

서민식은 못 이기는 척 말했다.

"까놓고 말해서, 당신이 뭐 큰 사고를 친 것도 아니고. 자잘한 강도 행위는 했다고 고백했지만, 그건 뭐…… 무일푼으로 살기 힘들었을 테니까."

품속에서 지갑을 꺼내 펼쳐보았다. 5만 원짜리가 몇 장 들어 있길래, 일단 그것을 빼서 테이블에 올려두었다. 부족할까 싶어 체크 카드도 하나 꺼냈다.

"그래도 범죄는 범죄니까. 이거 써요. 카드 쓸 줄 알아요? 그냥 건네주면 알아서 해줄 거예요. 부담 갖지 마시고, 나 돈 많으니까."

검무희는 아무런 말도 없이 서민식을 물끄러미 보았다.

그 빤히 보는 시선에 서민식은 괜히 헛기침을 하며 의자를 뒤로 뺐다.

"……그럼, 나는 이만……."

"특이하군요."

일단 물러설 생각이었다. 탐색을 나온 헌터들과 관리국에 말해보았자 대처가 될 상대가 아니다. 다음에 백현을 만나면 검무희와 만났노라고 이야기를.

"당신 뒤의 그, 정령뿐만이 아니라."

할 생각이었는데.

"……뭐가 특이하다는 거예요?"

"난 많은 것을 볼 수 있어요."

검무희의 눈은 백현의 심안보다 밝다. 그녀는 백현이 보지 못하는, 서민식이 지닌 무언가를 보고 있었다.

"시력이 좋으신가 봐."

저것을 지니고 있다고 말해야 할까.

"그래서. 그 좋은 눈으로, 내가 가지고 있는 특이함이라도 볼 수 있다는 거예요?"

"네."

[템페스트가 일어섭니다.]

"들어나 보죠. 내가 뭐가 특이하다는 건데요?"

[템페스트가 얼굴을 일그러뜨립니다.]

"이런 것이 보이는 건 처음이라서."
"말해봐요. 사람 애태우지 말고."

[템페스트가 당신을.]

머릿속의 목소리가 뚝 끊긴다.
검무희가 고개를 갸웃거리며 서민식을 쳐다보았다.
"당신의 안에 누군가가 있어요."
"입. 닥. 쳐."
등 뒤에서 목소리가 들렸다.
서민식은 화들짝 놀라 뒤를 돌아보았다. 호센의 얼굴이 악귀처럼 일그러져 있었다.
서민식의 눈이 부릅 뜨였다. 호른 이후로 단 한 번도 말을 한 적이 없던 호센이 목소리를 냈다는 것이 그를 경악시켰다.
검무희는 놀랍다는 표정을 지으며 호센을 바라보았다.

호센은 푸들거리며 몸을 떨고, 일그러진 얼굴을 조금씩 바꾸어가고 있었다.

저건 호센, 정령이 아니다. 검무희는 물론이고 서민식조차도 그걸 알았다.

"……템페스트?"

검무희가 고개를 갸웃거렸다.

호센의 몸이 크게 출렁거렸다. 일그러진 얼굴의 형태가 바뀌었다가 되돌아오는 것을 반복했다.

갑작스레 불어온 바람이 서민식의 머리카락을 나부끼게 만들었다. 테라스의 사람들이 거센 바람에 놀란 소리를 냈다.

"입. 닥. 쳐."

호센은 똑같은 말을 반복했다. 호른의 지하에서와 다를 것 없었다. 검무희는 호센을 물끄러미 바라보았다.

서민식은 경악을 가다듬고 내뱉었다.

"×발, 대체 뭐 하자는 거야?"

호센은 대답하지 않는다. 살기 가득한 눈은 검무희에게 고정되어 있었다.

검무희는 호센에게 시선을 떼지 않으며 말했다.

"템페스트. 내가 말하는 것을 원치 않는 겁니까?"

호센의 몸이 움찔 떨린다. 푸들거리며 떨리던 손이 위로 올라간다. 하지만 그 행동은 버퍼링 걸린 동영상처럼 뚝뚝 끊겨

버벅거렸다.

"제. 발."

호센의 눈이 서민식을 향했다.

서민식은 아랫입술을 뿌득 씹으며, 저 간절한 말을 무시했다. 그제서야 검무희는 서민식을 쳐다보았다.

"당신이군요."

"……말, 걸지 마. 집중하기 힘드니까."

이마에 송골송골 맺힌 식은땀이 결국에는 줄줄 흘러내리고 만다. 잘 정돈했던 머리카락이 어느새 흠뻑 젖었다.

서민식은 최대한 정신을 집중해, 호센의 움직임을 막고 있었다.

"날. 놓. 아."

호센이 다시 말한다. 살의로 일그러졌던 얼굴이 울 것 같은 표정으로 바뀌었다.

이번에도 서민식은 듣지 않는다. 일방적인 집착과 총애를 줄 뿐, 한 번도 자신의 의문에 제대로 답을 해주지 않았던 템페스트. 이런 상황에서만 자신의 말을 들어달라고 하는 것이 짜증스럽다.

머리가 깨질 것 같다.

지금의 서민식은 템페스트와 보이지 않는 줄다리기를 하고 있었다. 템페스트는 어떻게든 호센을 움직이려 들었고, 서민식은 템페스트와 정반대로 호센이 날뛰지 않게 통제하려 했다.

마음껏 날뛰게 둘 수 없었다. 템페스트는 친절하게 대화를 나눌 성격이 아니고, 이곳은 주변에 몬스터뿐인 어비스도 아니다. 호센이 지난번처럼 바람을 일으키며 날뛴다면 대형 사고로 이어질 것이 불 보듯 뻔했다.

그리고.

"말, 이나 좀. 해봐요."

서민식은 식은땀을 뚝뚝 흘리며 내뱉었다.

이런 기회는 처음이다. 그 누구도 자신에게 이런 이야기를 해준 적이 없었다.

템페스트와 자신의 관계가 이상하다는 것은 그 누구보다 서민식이 가장 잘 알고 있었다.

멀쩡한 사람을 사도로까지 삼았던 이유. 호센이 내뱉던 말. 스쳐 지나간 기억. 별무늬 새겨진 모자를 쓴 느끼하게 생긴 놈. 유리병 속에서 꿈틀대던 무언가.

"내가, 뭐가 이상하다는…… 건데?"

휘둘릴 것 같은 정신을 꽉 붙잡는다. 덕분에 말 한마디 내뱉는 것이 고역이었다. 갑작스러운 반말에 기분 나빠 하지는 않겠지. 그런 생각을 잠깐 했다.

"템페스트가 두려워하고 있군요."

검무희가 작은 목소리로 중얼거렸다.

"내가 말하는 것을 두려워하는 걸까."

"난, 상관, 없다고."

"당신의 안에 누군가가 있어요."

무언가가 아닌 누군가. 단어가 다르다.

"이런 말은 조금 그렇지만, 마치…… 유령처럼요."

검무희는 쓰게 웃었다. 유령에 대해 말하는 것이 검무희 자신이라는 것이 우습게 느껴졌다.

"잘은 보이지 않아요. 아주…… 깊은 곳에 있습니다. 존재에게 근원이 있다면, 당신의 근원에 그 유령이 웅크리고 있어요. ……그게 정말 유령인지도 모르겠군요."

"……유…… 령?"

"어쩌면 당신 자신일지도 모르죠."

심안이 보는 것은 흐름뿐만이 아니다. 이것은 고도로 발달된 통찰력이 눈으로 개안된 것이다.

검무희는 눈썹을 찡그리며 심안에 집중했다. 서민식의 근원에 있는 존재. 저것은 분명히 존재했지만, 서민식에게 녹아 있지는 않았다.

"당신이 구분한 또 다른 자신. ……어쩌면 나랑 같을지도."

"뭐……?"

"자신의 것이 아닌 기억을 떠올린 적은 없습니까?"

검무희가 이 세상에 나오고, 이 세상에 남아 있는 이유가 바로 그 기억 때문이었다.

우자라는 이름을 들은 순간, 겪어본 적 없는 기억들이 떠올라 조금씩 자신을 잠식해 오는 것을 느꼈다. 역천자는 그것을 두고 언명이라고 말했다.

"아무 기억이라도 좋아요. 어쩌면 실제로 겪었지만 잊은 것이 아니라. 절대로 당신이 겪어본 적 없는 기억을 떠올린 적은 없습니까? 꿈속에서라도."

"……있어."

호센의 발작이 강해진다.

서민식의 몸이 크게 들썩거렸다. 순간 집중을 놓쳤다. 검무희의 말에 당황하기도 했고, 템페스트가 머릿속에 지른 비명 때문이기도 했다.

그 짧은 순간에 호센이 폭주했다. 일방적인 살기를 담은 손이 검무희를 향해 뿜어져 나갔다. 뒤늦게 정신을 차린 서민식이 호센을 붙들려 했지만, 이미 늦었다.

사실 말릴 필요도 없었다. 검무희의 표정은 바뀌지 않았고, 움직이지도 않았다. 하지만 보이지 않는 참격이 호센의 팔을 썰어버렸다.

푸확!

썰린 팔이 바람이 되어 하늘로 치솟았다.

그것으로 그치지 않았다. 나누어진 참격이 서민식의 곁을 스쳤다. 호센의 몸이 수십 조각으로 나누어지고, 사방으로 바람이 나부꼈다.

"어떤 기억이었습니까?"

그러면서 말을 이어 붙인다.

서민식은 눈을 끔벅거리며 검무희를 쳐다보았다.

호센, 정령과의 연결 고리가 끊어지진 않았다. 단지 영체가 조각나 템페스트의 성역으로 역소환되었을 뿐이다.

그것만으로 서민식은 더 이상 집중할 필요가 없게 되었다.

"……내가 아닌 기억."

마음을 가다듬으며 대답했다.

분명했다. 그 기억은 서민식의 것이 아닌 다른 누군가의 기억이었다.

"꿈이었습니까."

"아니. ……꿈이 아니었어. 지금도 생생해."

그 말에 검무희는 씁쓸한 웃음을 머금었다.

서민식이 겪은 일은 검무희와 완전히 똑같지는 않았다. 그녀는 서민식처럼 뚜렷이, 자신의 것이 아닌 기억을 가지고 있지는 않았다. 몇 개의 모순된 감정만이 도드라질 뿐이다.

"……어쩌면 당신의 기억일지도 모릅니다."

"뭐?"

"지금의 당신이 아닌, 과거의 당신. 혹은…… 당신도 나처럼 무언가에 씌인 걸 수도 있지요."

"그건 또 무슨 말이야……? 내가 뭐 귀신에 홀리기라도 했다고?"

"어쩌면."

서민식은 혼란스러운 표정을 지었다.

이게 뭔 귀신 씻나락 까먹는 소리란 말인가. 그리고 과거의 기억? 내가 기억하지 못하는데?

"나 기억 상실 같은 거 없어. 어렸을 때도 다 기억하고, 사고 난 적도 없고."

"지금의 당신이 되기 전."

"뭔 시발, 지금의 나? 지금 전생 얘기하는 거야? 뭔 길거리 사주 카페도 아니고……!"

반발 가득한 대답에 검무희는 어깨를 으쓱거렸다.

"보이는 것대로 말하는 것뿐입니다. 나는 이런 경우에 대해 아는 것이 많지 않으니, 설명이 부족한 것은 어쩔 수 없는 일입니다."

"……나한테 거짓말을 하는 건 아니고?"

"내가 그럴 이유가 있습니까?"

하긴, 그럴 이유는 없지.

서민식은 스스로 납득하고서 표정을 구겼다.

'전생?'

기억 상실의 경우는 아예 배제했다.

애당초 서민식은 그 기억 속에서 자신이 과연 어디에 있는지부터를 알 수가 없었다.

기억 속에서 보았던 것은 별무늬 가득한 모자를 쓴 느끼한 놈과 유리병 속에서 꿈틀거리던 놈.

서민식은 그들과 한 걸음 떨어져 있었다. 마치 액자 속을 들여 보는 것처럼.

그게 전생의 기억이라면, 나는 대체 누구였지?

'……한 명 더.'

그 방 안에 있는 '사람'은 별 무늬 모자를 쓴 놈뿐만이 아니다.

[템페스트가 비명을 지릅니다.]

머리가 깨질 것 같았다.

서민식은 헉하고 숨을 삼키며 양손으로 머리를 붙잡았다. 심장이 자기 것이 아닌 것처럼 미친 듯이 뛰어댄다.

아픈 것은 머리가 아니었다. 정신이 몇 갈래로 갈라지는 것만 같았다.

서민식은 실제로 들은 적 없는 템페스트의 비명 소리를 상상할 수 있었다.

어느 순간, 서민식은 자신이 다른 곳에 있다는 것을 깨달았다. 제주도, 바다, 바람, 하늘, 검무희, 사람들, 서민식. 아무도 없는 곳이었다.

서민식은 자신의 손을 내려 보았다. 낯선 이의 손은 시뻘건 물에 젖어 있었다.

'이게 뭐지?'

뻔히 아는 대답 대신에 다른 것이 머릿속에 떠올랐다.

포르마그의 심장을 통째로 빻아서.

'포르마그가 뭔데.'

살아 있을 때 적출해야 효과가 좋다. 우르가스의 어린잎을 뿌리째 넣어서 자가라의 봉우리에 넣고 최소 열흘을 숙성시키면 열흘부터 봉우리 아래에서 붉은 액체가 방울져 떨어진다. 피처럼 붉지만, 비린내는 없고, 상처, 특히 열상(裂傷)에 효과가 좋다.

자기 합리화처럼 머릿속을 채우는 말들.

'이건 그런 약이 아니야.'

역한 비린내가 코끝에 감돈다. 구토하고 싶었지만, 이상하리만치 '나'는 담담했다. 혼란스러운 것은 서민식의 정신뿐이었다.

"이제 괜찮아."

입을 벌려 내뱉은 말 또한, 서민식의 의지와는 다른 말이었다.

시선을 움직인다. 반대편 손에 들린 도끼에서 피가 뚝뚝 떨어지고 있었다.

시선이 계속해서 들린다. 입을 쩍 벌린 시체가 등판에 몇 개나 되는 찍힌 자국을 갖고 책상에 기대어 죽어 있었다.

그리고 그 책상에. 유리병이 있었다. '그것'은 유리병 안에서 회오리치고 있었다.

지난번과 똑같다. 서민식은 저 어둠이 웃고 있다고 생각했다.

"괜찮습니까?"

그때 검무희의 질문이 서민식의 정신을 깨웠다. 그는 다시 제주도, 카페에 앉아 있었다.

맞은편의 검무희가 고개를 갸웃거리며 서민식을 보고 있었다. 순간이나마 서민식은 모든 것을 붉게 보았다.

하늘도, 바다도, 검무희의 얼굴도, 앞에 놓인 음료까지.

"……우웩!"

참지 못하고 토해 버렸다.

손으로 입을 틀어막으며 간신히 고개를 돌렸다. 바닥에 토사물이 후둑거리며 떨어지고, 사람들이 비명을 질렀다.

서민식은 몇 번이고 토해내며 비틀거리며 일어섰다. 놀란 표정의 검무희가 따라 일어섰다.

"그, 그만."

서민식은 다가서려는 검무희에게 급히 내뱉었다. 그는 후들거리는 다리에 힘을 주어 어떻게든 몸을 돌렸다. 엎어지고 싶은 몸과 마음을 참으며 걷는다.

[템페스트가 우울한 눈으로 당신을 봅니다.]

'방금 그건 뭐지? 환각?'

너무 생생했다. 아직까지 코끝이 피비린내가 감도는 것 같다. 도끼에 찍혀 죽은 시체. 남자, 그 얼굴. 알고 있는 얼굴이었다. 그…… 병신 같은 별무늬 모자는 쓰고 있지 않았지만, 그 느끼하게 생긴 놈이었다.

검무희가 따라오는 것이 느껴졌다.

뒤는 돌아보지 않았다. 오지 마. 그렇게 말만 했다.

다 게워내서 더 나올 것도 없는데 자꾸 속이 뒤집힌다. 목구멍이 쓰렸다. 토 냄새보다 흘리지도 않은 피 냄새가 더 강하게 느껴졌다.

검무희는 더 이상 따라오지 않았다.

카페를 빠져나온 서민식은 계속해서 걸었다.

도착한 곳은 해안가였다. 머리에 쏟아지는 햇볕이 뜨겁다. 손을 적셨던 피도 이만큼이나 뜨거웠다.

고개를 드니 바다가 보인다. 얕은 바다. 구명조끼를 입은 사람들이 투명 카약을 타며 웃고 떠들고 있었다.

하지만 서민식의 눈에는 핏물 속에 헤엄치는 시체로 보였다.

수평선 너머에서, 거대한 폭풍이 밀려오고 있었다. 오직 서민식의 눈에만 보이는 폭풍이었다.

흠칫 놀라 뒤를 돌아본다. 박살 난 도시가 처참함을 과시하고 있었다.

비명을 지르며 자리에 주저앉았다.

더 이상 보고 싶지 않은 것은 보이지 않았다. 바다는 푸르렀고, 도시도 박살 나지 않았다.

애초에 뒤에 도시는 없었다. 관광객들을 상대하는 가게만 몇 채 있을 뿐이었다.

'속죄.'

그 단어가 서민식의 머리를 가득 채웠다. 그는 끅끅거리는 소리를 내며 모래밭에 얼굴을 박았다.

"×발……."

'내가 왜?'

억울한 의문이 꼬리를 물고 이어졌다.

9장
이게 누구야?

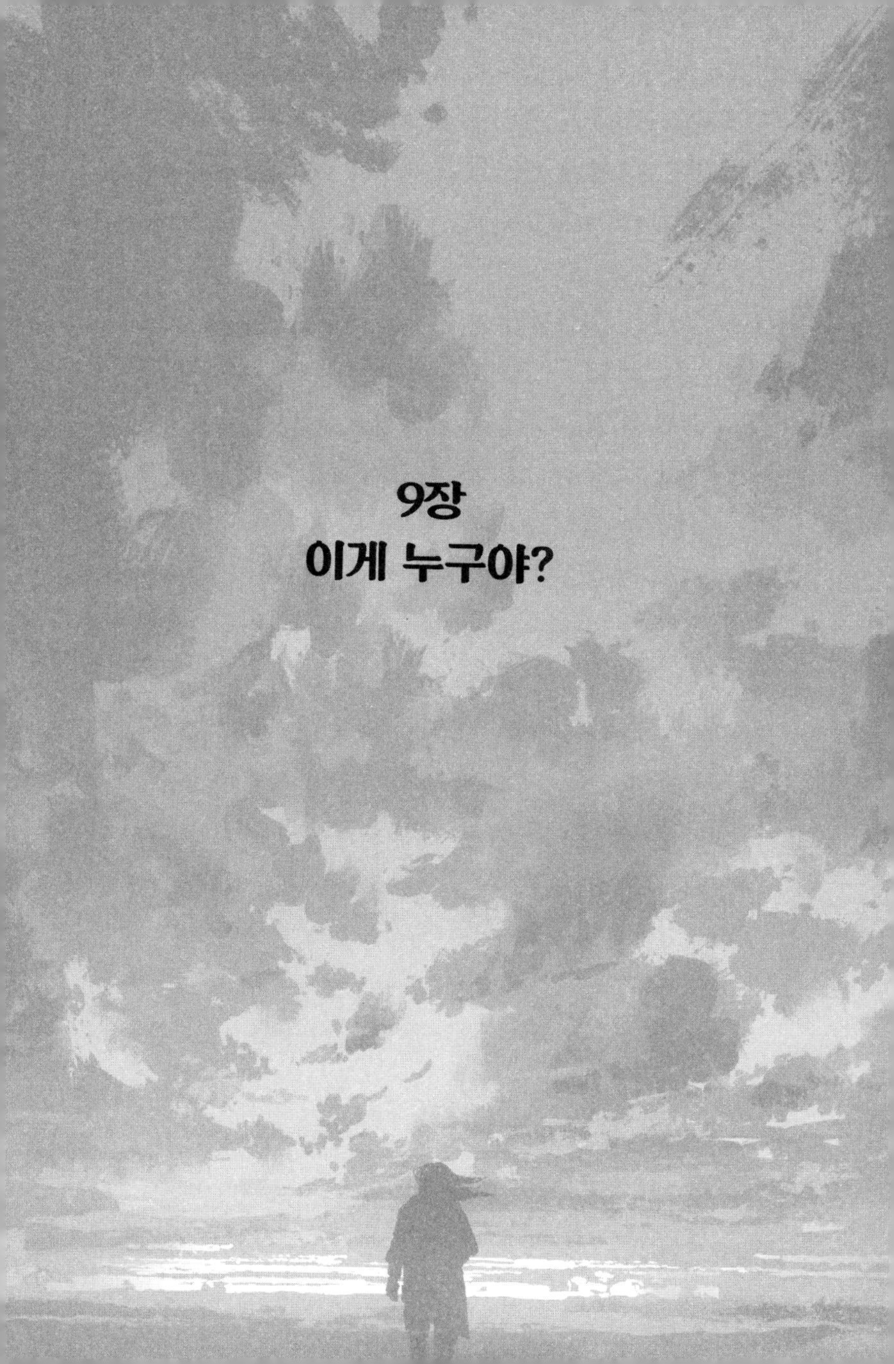

"궁금한 게 있어요."

그 말은 제대로 들리지 않았다.

같은 공간, 멀지 않은 거리. 감정은 거의 신지 않은 목소리였지만 작지는 않았다.

듣지 못할 정도로 귀가 먹은 것도 아니다. 제대로 듣지 못한 것은, 단순히 감정적인 이유 때문이었다. 경악, 동요, 감탄, 불신, 그런 종류의 감정들.

방금 전에 눈으로 직접 본 것인데도 믿기지 않았고, 결국에는 실제로 일어난 사실이라는 것을 납득해 버린다.

"여왕님은 혼돈의 근원으로 뭘 하고 싶은 건가요?"

그다지 대답해 주고 싶지 않은 질문이었다.

다른 때에 이런 이야기를 들으면 정색해 버렸을 것이다. 하지만 지금은 그럴 수가 없었다. 그만큼 방금 전에 본 것이 놀라웠기 때문이다.

'저게 가능한 일인가?'

마왕의 인장을 넘겨준 지 아직 한 달이 되지 않았다.

마기를 다루는 것에 있어서 조언을 해주기 위해 흑장미성에 머무르라 말하였는데, 그 한 달 동안 백현은 단 한 번도 흑장미여왕에게 조언을 청하지 않았다.

흑장미여왕도 백현이 청하지도 않은 조언을 굳이 전해주지 않았다. 몸을 가누는 것이 힘든 것도 있었지만, 그녀는 백현이 터무니없는 전투 재능의 소유자라는 것을 잘 알고 있었다. 섣부른 조언을 전해 이끄는 것보다는, 천재다운 감각으로 직접 풀이하는 것이 백현에게도 도움이 되리라 생각했다.

하지만 그것에도 정도가 있는 법 아닌가. 한 달여 동안이나 두문불출하여 조언 한번 구하지 않는 것에 걱정되어 무리해 침소를 나왔다. 그래, 그때까지는 아무런 문제도 없었다.

"여왕님?"

"……당신은, 대체 뭐 하는 존재인 겁니까?"

내뱉고서 아차 싶었다. 추태라 생각될 정도로 무례하고 두서없는 말이었다.

하지만 백현은 불쾌감을 드러내지 않고 눈만 끔벅거렸다.

그 태연함이 흑장미여왕을 더욱 혼란스럽게 만들었다.

"뭘 새삼스럽게."

백현은 인간이다.

그건 흑장미여왕도 너무나도 잘 알고 있었다. 평범하지 않지만, 결국은 인간.

하지만 그 평범하지 않다는 것에도 정도가 있어야 하는 법이다.

마기는 포악하기 그지없는 힘이다. 특히 마왕이 다루는 마기는, 일반 마족이 사용하는 마기와 질과 양 모든 면에서 격이 다르다.

마족도 아닌 인간이, 그것도 잡스러운 마기가 아니라 마왕의 인장을 통해 공급받는 마기를, 고작 한 달 만에 저만큼이나 다루는 것이 진정 가능한 일인가?

흑장미여왕은 머릿속을 채운 의문에 답을 내릴 수가 없었다.

그녀는 애초에 인간이 아니지만, 마기를 탐한 인간과 마족들의 몰락은 셀 수도 없이 많이 보아왔다. 분수에 맞지 않는 힘은 결국 스스로를 망칠 뿐이다. 흑장미여왕이 그랬던 것처럼.

"……훌륭하군요."

흑장미여왕은 뒤늦게 고개를 끄덕거리며 백현을 치하했다.

악몽의 결정자가 했던 말이 머릿속을 맴돌았다. 과연. 저건 인간의 탈을 쓴, 괴물이란 말이 모욕일 재능의 덩어리였다.

마왕으로 등극한 마족은 그 증명으로서 마왕의 인장을 받는다. 그 후에 새로운 마왕이 가장 먼저 하는 일은, 인장의 정순한 마기에 익숙해지는 것이다.

태어나고서 쭉 마기를 다뤄온 마족, 그중에서 특출난 재능으로 마왕의 좌에 오른 이들조차도 인장의 마기를 완벽히 다루는 데에는 각자의 시간을 필요로 한다.

마기를 다뤄본 적도 없는 인간이 한 달 만에 인장의 마기를 저만큼이나 다루게 되었다는 것은, 흑장미여왕이 아는 한 전례가 없는 일이었다.

“아 네, 뭐…… 칭찬은 감사한데. 제 질문은요?”

백현은 떨떠름한 표정을 지으며 물었다. 칭찬은 곰도 춤을 추게 한다지만, 그가 원하는 대답은 칭찬 따위가 아니었다.

그 말에 흑장미여왕은 뒤늦게 정신을 차렸다. 그녀는 민망함을 숨기며 대답했다.

“그걸 궁금해하는 이유를 먼저 물어도 되겠습니까?”

“호기심이죠.”

백현은 펼쳐놓은 마기를 수습하며 대답했다. 방 안을 가득 채운 끈적거리는 어둠이 백현의 손아귀로 모여들었다.

“호기심…….”

여왕은 큭큭거리며 웃었다.

백현은 그 자조 섞인 웃음을 마주하며 말을 이었다.

"만약에, 내가 퓨어세인트를 죽이는 것에 성공한다고 쳐요. 그때까지 여왕님이 죽지 않고 살아 있다면, 어쩌면 당신의 몸에 박힌 혼돈의 근원도 제거될지도 모르죠."

"그런 일은 없을 것 같지만, 예. 계속해 보세요."

흑장미여왕이 피식 웃으며 거들었다.

백현은 여전히 떨떠름한 표정을 지으며 말을 이었다.

"그렇다면, 여왕님도 전성기 때만큼은 아니어도 꽤나 힘을 회복하게 될 텐데. 비원에 따라서는 또다시 혼돈의 근원을 탐할 수도 있잖아요."

"설마요."

흑장미여왕의 웃음이 짙어졌다. 그녀는 잠시 키득키득 웃고서 말했다.

"나는 이미 혼돈의 근원이 얼마나 위험한 것인지 알고 있습니다. 내 바람은 간절하지만, 난…… 그것이 정말 신격의 망집을 이뤄줄 만한 것인가에 대해서는 회의적입니다."

"쓰기 나름이겠죠."

"적어도 내 망집을 이뤄줄 수는 없을 겁니다. 나는 시간을 되돌리고 싶거든요."

흑장미여왕은 빙긋 웃으며, 웃음기 없는 목소리로 대답했다.

순간 백현은 그녀가 무슨 말을 한 것인지 이해하지 못했다. 시간을 되돌린다는 말은 그만큼이나 터무니없는 비원이었다.

"한심하다고 생각하는 것이 당연하겠지만, 내가 바라는 것은 그것뿐이었습니다. 내가 가장 영광스러웠던 시절. 그 시절로 돌아가고 싶었어요."

흑장미여왕은 긴 한숨을 내쉬며 말했다.

잠시 그녀를 쳐다보면 백현은 조심스러운 투로 물었다.

"마신에게 도전한 것을 후회하는 건가요?"

"대외적으로는 그렇게 알려졌겠지만, 나는 마신에게 도전하지 않았습니다."

의아한 말은 아니었다. 이전에 흑장미여왕이 했던 말들을 보면, 그녀가 어비스까지 온 것에는 나름의 사연이 있는 것이 분명했다.

"나는 대마계에서도 많은 영지를 가지고 있었고, 내 영지를 탐하는 자들은 많았습니다. 고질적인 인구 포화 문제를 식민지의 확장으로 해결하던 마신은, 그것이 원초적인 해결책이 되지 않는다는 것을 깨달은 겁니다."

"여왕님이 본보기가 되었다는 건가요?"

그 말에 흑장미여왕은 말없이 웃기만 했다.

"마왕이 너무 많았던 겁니다."

대마왕이라 일컬어지는 존재들마저 많은 것은 아니지만, 흑장미여왕의 말대로 마계에는 마왕이 너무 많았다.

그들 모두가 야욕 넘치는 존재인 것은 아니었다. 적당한 세력을 꾸린 마왕들은 더 높은 곳을 도모하기보다는 현재의 위치에 만족했다.

"마신은 수많은 예비 식민지를 꼽아두었고, 대마계의 마왕들로 하여금 그곳을 확실한 식민지로 삼으라고 명령했죠. 하지만, 누가 현재의 영광을 쉽사리 포기하려 들겠습니까?"

"난 잘 모르지만, 그게 어려운 일은 아니잖아요. 마왕이랑 싸워본 적은 없지만, 엄청 셀 것 같고, 어지간한 세상이면 뚝딱 점령할 것 같은데?"

"그리 쉬운 일이 아닙니다. 타 차원으로 넘어간 순간부터 마왕들은 아주 많은 제약을 지니게 됩니다. 흔한 이야기 아닙니까? 마왕이 나타나고, 용사가 마왕을 물리쳤다. 실제로 그런 경우는 많았습니다. 아주 많은 마왕이 권속들을 데리고 예비 식민지로 떠나, 그곳에서 죽었죠."

그만큼 마계에는 빈자리가 많아졌다.

"마신에게 있어서 어느 쪽이든 나쁠 것은 없었습니다. 점령에 실패해 죽은 마왕은 나약해 가치가 없었고, 점령에 성공하면 그만큼 식민지가 늘어납니다. 내게도 그런 권유가 왔습니다. 문제는 장소였죠."

흑장미여왕이 쓰게 웃었다.

"마신이 나에게 가라고 했던 세상은, 아주…… 특별한 곳이었습니다. 초월자의 무덤이라 불리는 가이아. 그곳의 학살자인 투신이 자신의 성역으로 삼은 곳이었죠.”

“네?”

의외의 이름이 나왔다.

백현은 눈을 휘둥그레 뜨며 흑장미여왕을 바라보았다.

“에리아라는 곳입니다. 한때 그곳은 대마계와 이어진 세계였지만, 투신이 성역으로 삼는 바람에 본래 마계와 이어진 통로가 완전히 닫혀 버렸어요. 하지만 마신은 그 세계에 대한 미련을 버리지 못했습니다. 닫힌 통로는 열어줄 테니, 에리아를 점령하라고 말하더군요.”

거절했다.

“무조건 따를 필요는 없다고 생각했습니다. 나 말고도 마왕은 많았고, 난 마계에서 영광을 누리는 생활에 만족하고 있었습니다. 에리아로 가는 것은 나에게 어떠한 이득도 되지 않았어요. 오히려 위험 부담이 컸죠. 그곳에 간다는 것은 투신과 정면으로 맞선다는 뜻이었고, 그 이전에 투신의 사도와도 싸워야 하니까요.”

기억났다. 선계에서 사제지간을 맺은 마황. 그의 첫 번째 제자이자 백현의 사형이라는 사람이, 투신의 사도가 되어 선계가 아닌 바깥에 있다고 했었다. 그 외에 다른 사도가 있을 것 같지는 않으니, 흑장미여왕이 말하는 투신의 사도는 백현의 사형이 분명했다.

"제약을 지니고서 싸울 상대가 아닙니다. 투신의 사도는 에리아가 성역이 되기 전부터 대마왕과 버금가는 힘을 지닌 것으로 확인되었고, 아마 지금은 그보다 더 강해졌을 겁니다."

거절할 당시만 해도 이런 본보기가 될 줄은 몰랐다.

마신은 흑장미여왕이 거절한 것을 자신의 권위에 대한 도전이자 하극상이라 선언했다.

"원치 않은 도전이 성사되었죠."

그래서 결국 이 꼴이 되었다.

흑장미여왕은 마신에게 패배했고, 가진 영토와 모든 권속을 빼앗겼다.

"그들은 이미 죽었을 겁니다. 마신에게 있어서 가치가 없는 자들이니까요."

흑장미여왕의 표정은 무덤덤했지만, 그녀의 목소리는 마신에 대한 살기가 가득했다.

흑장미여왕의 말이 사실이라면, 먼저 도전했던 그녀가 왜 마신에게 지독한 원한을 품고, 마신의 씨앗이었던 무령을 그토록 죽이려 했는지도 납득이 간다.

"만약 과거로 돌아가면, 뭘 어떻게 할 생각이었어요? 마신의 명령을 거절하지 않고 받아들이려고?"

"마신이 권하기 전에 스스로 자청할 생각이었습니다. 에리아나 가이아를 제외하면 어디를 가도 크게 힘들지 않고 식민지화할 수 있으리라 생각했죠."

흑장미여왕은 아무렇지도 않다는 듯이 대답했다.

저 나긋함이 본래의 성격인지, 아니면 퓨어세인트에게 배신 당하고 근원의 파편이 박혔기 때문인지는 알 수 없지만. 멀쩡한 세상을 침공해 식민지로 삼는다는 말을 하는 것은, 결국 그녀가 마왕임을 증명하는 것과 다름없었다.

"그러는 당신은. 혼돈의 근원을 취하게 된다면 무엇을 할 생각입니까?"

"예?"

갑작스러운 질문이었다.

"당신 역시 그것에 욕심을 가진 것 아니었습니까?"

"이거 뭔가 오해를 하고 계시는 것 같은데, 나는 그 근원이라는 것에 정말 아무 욕심도 없어요."

물론 할 만한 오해라는 것은 알고 있다. 어비스를 그렇게 들쑤시고 신격들과 마찰을 빚었으니, 누가 봐도 혼돈의 근원에 욕심을 내는 것으로 보였으리라.

[……가 당신을 바라봅니다.]

머릿속에서 목소리가 들린다.

이제는 놀랍지도 않았다. 이 자식이 심연의 왕좌라는 심중은 차고 넘치지만, 확실한 증거는 아직 없었다. 차라리 속 시원하게 말해주면 좋을 텐데. 아직도 준비되지 않았다는 걸까.

'일단 나한테 왜 이러는 건지나 알고 싶은데.'

흑장미여왕은 아무런 말도 하지 않고 백현을 쳐다보았다. 혼돈의 근원에 욕심이 없다는 말을 자기 나름대로 해석하고 있는 모양이었다.

"……당신은 아무런 욕망도 없는 겁니까?"

"있기는 한데, 하다 보면 될 것 같아요."

흑장미여왕이 고개를 갸웃거린다.

백현은 투신이 대충 던져주었던 조언을 떠올리며 킬킬 웃었다.

"그래서, 어때요? 이 정도면 쓸 만하죠?"

백현은 손에 모인 마기를 쳐다보며 물었다. 그 말에 흑장미여왕은 헛웃음을 터뜨리며 고개를 끄덕거렸다.

"인간이 그만큼이나 마기를 능숙하게 다루는 것도 전례가 없는 일입니다."

"비교 대상이 없는 것이 아쉽네."

쩝 입맛을 다셨다.

이만한 힘을 부딪쳐 볼 만한 상대로 가장 먼저 떠오른 것은 역시 마룡왕이었다.

'용곡에는 없었는데.'

무턱대고 찾아가서 싸움을 걸어볼까 싶었지만, 피차 위험할 것 같았다. 본격적으로 마기를 활용해 싸움을 건다면, 마룡왕도 백현을 진심으로 죽이려 들 것이다.

그만큼 이 힘은 위험했다. 무조건 상대를 죽이겠다고 결정짓지 않고서는 아껴두어야 한다.

"조언을 주려 왔건만, 지금의 당신에게 해줄 조언은 더 없을 것 같군요."

흑장미여왕이 아쉽다는 투로 중얼거렸다.

백현은 손에 모아둔 마기를 흩뜨렸다. 그러고는 가부좌를 풀고 일어서며 손목을 붕붕 꺾었다.

"몸이 멀쩡하시면 대련이라도 청했을 텐데."

"지금의 나로서는 당신을 감당할 수 없습니다."

흑장미여왕은 담담한 투로 중얼거렸다.

"하지만, 마기를 다루는 것 외에 다른 조언은 해드릴 수 있겠습니다."

"어떤?"

"당신은 진짜 신격과 대적해 본 적이 있습니까?"

기억들이 스치고 지나간다.

무령, 천존, 마룡왕, 검무희.

'아니야.'

그들은 신격이 상실된 상태였다.

생각해 보면, 여태까지 진짜 신격의 격을 느껴본 적은 없었다. 그나마 투신과 재생의 뱀…….

떠올리는 것만으로도 등골이 서늘했다.

“인장의 덕은 보겠지만, 당신은 아직 인간입니다. 인장은 어디까지나 신격에 이른 존재와 대등한 격을 부여하는 것이지, 당신이 신격다운 힘을 행사하게 해주지는 않습니다.”

결국, 탈각으로 귀결된다. 격을 깨고서 존재를 초월하지 않는 한, 상위 신격과 완전히 대등할 수는 없다.

백현은 파천신화공을 떠올렸다.

‘칠성.’

선계에서의 수행과 많은 경험을 쌓으며 그만한 성취를 이루었다. 하지만 그 앞길은 왠지 모르게 막막했다. 힘은 늘었으나 무공의 성취 자체는 그리 나아가지 못했다.

그건 스스로 생각하기에도 기묘했다.

수행에 게을렀던 것은 아니다. ‘위’를 쥐었다. 그곳으로 이어지는 길 역시 찾아냈다고 생각했다.

무도(武道)의 방황.

연리운이 했던 말이 문득 떠올랐다. 넌 너무 강하다고. 그런데도 아직까지 인간으로 남아 있다고.

연리운은…… 백현이 이미 진즉에 탈각해야 했다고 말했다. 하지만 백현은 아직까지 탈각하지 못했다.

무언가가 깨지는 소리. 그건 틀림없이 들었던 적이 있다. 카르파고를 두들겨 팼을 때, 그것이 탈각의 신호라고 생각했는데, 그 이후로는 그와 같은 소리나 고양감을 느끼지 못했다.

"하지만. 지금이 오히려 더 좋다고 생각합니다."

흑장미여왕이 뜻 모를 말을 중얼거렸다.

"완전히 탈각한다는 것은 인간이 아니게 되는 것. 즉, 당신 또한 어비스의 군주들과 같은 신격이 된다는 이야기죠."

"그게 왜 안 좋다는……."

반문이 꽉 막힌다.

"……이런 ×발."

의문에 대해 스스로 답을 떠올려 납득했다.

신격이 된다면 지금처럼 어비스와 현실을 드나드는 것이 불가능할지도 모른다. 절대 신격이 감당해 주는 세계가 아니고서는 신격과 초월자의 일거수일투족은 모두가 인과율이 적용된다.

지금 백현이 어비스와 현실을 드나들고, 마음대로 행동할 수 있는 것은. 어디까지나 백현이 인간이기 때문이었다.

그가 완전히 탈각하고 신격이 된다면, 어비스에 들어오는 것은 가능할지언정, 현실로 돌아갈 수 없게 될지도 모른다. 최악의 경우에는 어비스의 군주들과 마찬가지로 외차원으로 도망쳐야 할지도 몰랐다.

[……가 당신을 지켜봅니다.]

머릿속에 들리는 목소리.

'너냐?'

백현은 어이가 없어서 목소리를 향해 질문했다. 진즉 탈각했어야 하는데, 아무래도 저 자식이 붙들고 있다는 생각이 들었다.

이 역시, 목소리의 정체가 심연의 왕좌라는 것처럼 확증 없이 심증뿐이다. 하지만 그 외에 다른 이유가 있을 것 같지는 않았다.

백현이 생각하기에도, 자신은 너무 강했다. 그 강함은 여태까지 상대하고 쓰러뜨린 상대들로 증명되었다.

무령의 사신장도 하위 초월자라고 할 만큼은 되었고, 전대 무령 본인이나 천존은 상실되었다뿐이지 한때는 신격이었다.

그들뿐인가?

마찬가지로 신격을 잃었던 마룡왕은 한때는 최상위 신격에 오른 존재였고, 신격을 잃었다고는 하나 그 힘은 건재했다.

바알의 아신전을 펼친 카르파고도 인간을 아득히 초월한 힘을 발휘했다.

그들과의 싸움에서, 마룡왕을 제외하면 백현은 모두 승리를 거두었다. 마룡왕과 카르파고 외에 백현과 싸운 전원이 백현에게 살해되었다.

하지만 백현은 아직 인간이다. 초월자가 되는 과정을 생략하고 탈각해 바로 신격이 된다는 것. 투신의 경우를 제외하면 굉장히 드문 일이라기에 크게 의식하지 않으려 했지만, 내심 이런 생각을 하지 않은 것도 아니다.

'저딴 놈도 초월자인데 왜 난 아직 인간이지?'

그러한 의문이 조금은 납득된다. 초월하거나 탈각하면 인간으로서 누릴 수 있는 자유에 큰 제한을 갖게 된다.

'왜?'

알 수 없는 것은 이유 쪽이다. 머릿속에 들리는 목소리. 심연의 왕좌로 추측되는 놈이, 대체 무엇을 위해 백현의 탈각하지 않도록 붙들고 있단 말인가.

[……가 눈을 감습니다.]

의문에 대해 답은 해주지 않는다. 얄밉기 짝이 없는 놈이다.

그간의 행적을 보면 우호적인 존재라는 것은 틀림없다. 어둠 속에서 길을 찾도록 빛을 밝혀준 것이나, 혼돈의 나락에 떨어졌을 때 선계로 인도해 준 것이나. 마룡왕과 검무희와 싸울 적에는, 치명적인 상황에서 백현에게 경고를 전하기도 했다.

'내가 인간으로 남아야 할 이유가 있다는 건가?'

문제는 이유다. 바라는 것이 있다면 확실히 말할 것이지, 정작 그것에 대해서는 입을 꾹 다물고 백현에게 암중에서 도움을 주기만 할 뿐.

솔직히 고맙다는 생각을 한 적도 있지만, 이쯤 되면 영 껄끄럽고 불쾌하다.

이유 없이 일방적인 총애를 주던 템페스트, 그를 불쾌하게 느끼는 서민식의 마음을 새삼 이해할 수 있었다. 누군지도 모를 위대한 존재가 보내주는 일방적인 총애.

머저리는 그것을 기쁘게 여기겠지만, 결국 모든 것은 이렇다. 대가 없는 베풂은 없다. 무상의 호의라는 말은 없다. 결국은 무언가를 바란다. 자신에게 돌아오는 찬사나, 그로 인해 만들 수 있는 이미지 같은 것.

물론 그 '대가'라는 것이 자신에게만 해당되는 것은 아니다. 어떤 종류의 베풂은 자신보다는 베풀어준 상대방의 처지가 개선되는 것을 바라기도 한다. 하지만 결국 그것도 자기 자신의 만족을 위한 것이다.

심연의 왕좌는 백현을 위하는 것일까, 자기 자신을 위하는 것일까. 템페스트는?

"무슨 일이십니까?"

"아, 잠깐 생각 좀 하느라."

백현은 표정을 가다듬으며 대답했다.

의아한 표정을 지으며 백현을 쳐다보던 흑장미여왕이 고개를 끄덕거렸다.

"아까도 말했지만, 마기를 다루는 것에 제가 해드릴 조언은 없습니다. 즉, 당신도 더 이상 이곳에 머무를 필요가 없다는 것이지요."

"감사했습니다."

고개를 꾸벅 숙이며 말했지만, 흑장미여왕은 쓰게 웃기만 했다.

"감사를 들을 입장이 아닙니다. 나는 당신에게 아무런 도움도 주지 못했어요. 인장을 넘긴 것은 어디까지나 거래일 뿐이었으니까요."

"혹시 말이에요."

백현은 은근한 말투로 뜸을 들였다. 그러자 흑장미여왕이 고개를 갸웃거린다.

"왜 그러십니까?"

"저한테 뭔가 도움되는 조언을 해주지 못해 아쉬우신가요?"

"……아, 예. 굳이 말하자면…… 그렇죠."

흑장미여왕이 알 수 없다는 표정을 지으며 떨떠름하니 말했다.

기회다 싶었다.

"제가 사실은 이것 때문에 여기까지 왔던 건데……."

“이제 가는 거야?”

밖으로 나간다는 말을 전하자, 사라는 눈을 빛내며 기쁨을 감추지 않았다.

그렇게 이곳의 생활이 답답했으면 혼자서라도 나가면 되었을 텐데, 그녀는 단 한 번도 밖으로 나가지 않고 로즈덤에서 함께 생활했다.

“응.”

기쁨의 기색이 역력한 사라와는 다르게 백현의 분위기는 가라앉아 있었다. 그것을 본 사라의 들뜸도 마찬가지로 식어갔다.

그녀는 두 눈을 깜박거리며 백현을 응시했다.

철부지처럼 굴지만, 마냥 철부지는 아니다. 프로아에서의 처참한 생활은 어린아이에게 살아남기 위한 눈치를 강요했다. 감정을 감추는 것도, 남의 감정을 살피는 것도 익숙하다.

백현에 대한 애정을 숨기지 못했던 것은, 제발 좀 알아달라는 시위에 가까웠던 것이다.

“너 왜 그래?”

사라가 짐짓 심각한 어조로 물어왔다.

떠나는 것이 아쉽다는 기색은 아니다. 한 달 동안 마기에 익숙해지겠답시고 방에서 두문불출. 덕분에 사라도 한 달 동안 수행에 매진했다.

백현이 무공과 수행에 좋아 죽는 사람이라는 것은 잘 알고 있다. 하지만 저 '무거움'은, 수행에 매진하던 일상을 떠난다는 아쉬움 때문은 아니다.

"내가 왜?"

살짝 짓는 웃음은 감정을 숨기는 가식이 아니었다. 사라는 아무런 말도 하지 않고 백현을 쳐다보았다.

"……아니, 아무것도 아니야."

캐묻고 싶었다. 대체 무슨 일이기에 그렇게 궁상을 떠냐고 타박하고 싶었다.

하지만 마음뿐이다. 실제로 하지 않는다. 사라는 백현이 처한 문제에서 자신이 해줄 수 있는 것이 아무것도 없다는 것을 알았다.

무력감이 느껴진다. 내가 더 강했다면 주저하지 않고 물어볼 수 있었을까. 내가 아는 것이 더 많았다면.

거기까지 생각이 미치고서, 사라는 아랫입술을 잘근 씹었다.

당장에라도 무너질 것 같은 얼음 바닥 위에 서 있는 것만 같았다. 균열이 잔뜩 가서, 몇 걸음 움직이면 모조리 박살 나 무너질 것 같다. 그 아래에는 뭐가 있을까. 깊고 깊은 나락이겠지.

사라는 굳었던 표정을 의도적으로 풀었다.

자신이 백현에게 있어서, 기대 의지할 수 있는 버팀목이 될 만한 사람이 아니라는 것은 안다. 오히려 짐만 되지 않았을까.

"아무것도 아니면 표정 구기지 말고 웃어, 짜샤. 나 오랜만이니까 치킨 먹고 싶어. 여기서는 밥도 제대로 못 먹었단 말이야."

그러니까, 결국 웃으면서 철부지처럼 굴었다. 백현이 가진 알 수 없는 무거움을 공유해 덜어줄 수는 없어도, 모르는 척 평소처럼 행동하는 것이 백현의 기분을 나아지게 할 것이라 믿으면서.

"뭔 치킨이야. 난 싫어, 먹으면 갈비찜이나 먹을래."

"까짓거 둘 다 먹으면 되잖아. 돈도 많으면서 무슨."

백현이 피식 웃으며 말을 받아주자, 사라도 입술을 삐죽 내밀며 말했다. 이것으로 되었다는 생각을 하면서.

"근데. 네가 말하니까 갈비찜 먹고 싶긴 하네. 너 갈비찜 할 줄 몰라?"

"할 줄 알겠냐."

"나 직접 요리도 해보고 싶어. 같이 장 보러 가는 건 어때?"

사실은 전혀 하고 싶지 않았다. 잘할 자신도 없거니와, 귀찮게 장까지 봐가면서 직접 만드는 것보다는 손가락 까딱거리며 주문하는 것이 편하고 좋았다. 하지만 저렇게 말했다.

[희망적인 이야기는 듣지 못한 모양이구나.]

봉제 인형이 말을 건다.

백현은 힐긋 고개를 들어 샤나크 쪽을 바라보았다. 봉제 인형은 샤나크의 어깨에 얌전히 앉아 있었다.

'아직 확실하지는 않아요.'

[직접 확인해 봐야 한다는 뜻이야?]

백현은 살짝 고개를 끄덕거렸다.

봉제 인형은 안타깝다는 기색을 흘리며 더 이상 묻지 않았다.

흑장미여왕은 무리해서까지 성문 밖으로 마중을 나와주었다. 세 명밖에 안 되는 권속들의 호위를 받으며, 무너져 가는 성을 등지고 선 여왕의 모습은 초라하게 보였다.

"다음에 또 볼 수 있으면 좋겠군요."

흑장미여왕이 잔잔한 웃음을 지으며 말했다.

근원의 파편이 존재에 깊이 박힌 그녀는 언제 소멸해도 이상하지 않을 처지다. 그런 그녀가 말하는 다음에 대한 기약에, 봉제 인형은 작게 훌쩍거리는 소리를 냈다.

[괜찮을 거야.]

"그렇다면 좋겠지만. ……당장 소멸한다고 해도 큰 미련은 없습니다. 약속이 이루어진다면."

흑장미여왕은 담담한 목소리로 대답하며 백현을 쳐다보았다.

강요하는 시선은 아니었다. 하지만 백현은 고개를 끄덕거렸다.

"너무 늦지 않도록 노력해 보죠."

"부디, 서두르지는 말아주세요. 나는…… 내 원한과 내가 해야 할 복수를 거래로서 당신에게 넘겼습니다. 그러니, 실패해서는 안 됩니다."

퓨어세인트에게 도전하고 실패한다는 것은, 죽는다는 말이다. 그건 백현도 잘 알고 있었다.

인사말을 나누고 몸을 돌렸다. 봉제 인형은 뭔가 미련이 남았다는 듯이 흑장미여왕을 힐긋거리며 돌아보았다.

둘의 관계. 악몽의 결정자가 흑장미여왕을 감시하는 것 같았다는 재생의 뱀의 말. 백현은 아직 그것에 관한 진실을 모른다.

하지만 악몽의 결정자가 흑장미여왕을 대하던 태도를 보면, 그녀가 뭔가 노림수가 있어서 흑장미여왕을 감시했던 것 같지는 않다. 단순히 친우에 대한 걱정이었을 수도 있고.

퓨어세인트와의 접촉에 대해 알지 못했던 것을 보면, 감시라고 말할 정도로 밀착해서 살피던 것은 아닌 것 같다. 게다가 흑장미여왕 본인부터가 악몽의 결정자가 자신을 살피고 있다는 것은 알고 있다는 뉘앙스였다.

[침공해 오지 않을까 걱정했거든.]

'그게 무슨 말이에요?'

[내가 아는 세라스…… 흑장미여왕은 마신에게 도전할 정도로 무모하지 않았어. 어쩌면…… 대마계가 어비스에 욕심을 가지고서, 의도적으로 흑장미여왕을 내려보낸 것이 아닐까 싶었지.]

왜 흑장미여왕을 살폈던 것이냐 묻자, 봉제 인형은 숨김없이 대답해 주었다.

[어비스는 많은 가능성을 지닌 세상이야. 혼돈이 문제기는 하지만, 한때는 수십에 달하는 신격이 자유롭게 움직일 수 있는 곳이었지. 대마계가 눈독 들이기 딱 좋은 곳이잖아?]

대마계는 고질적인 인구 문제를 해결하기 위해 식민지를 확장하는 중이라고 했다. 그런 대마계에게 있어 어비스는 탐내기 충분한 땅이었다.

[어쩌면 흑장미여왕이 마신에게 밀명을 받고 어비스에 온 것이 아닐까 싶었지만…… 그건 아니었어. 흑장미여왕을 직접 만나서 살피기도 했고, 마계 쪽의 연줄로도 알아봤거든. 아무리 밀명이어도 흑장미여왕급의 대마왕이 그만한 모욕을 겪으며 어비스에 온다는 것은 말이 안 돼.]

'확인했으면서 왜 살펴봤던 거에요?'

[자각이 없을 수도 있으니까.]

봉제 인형이 대답했다.

[마신은 음흉한 자야. 눈 없는 칼만큼 위험한 것은 없지. 흑장미여왕이 어비스에 온 것은 마계에서 더 버티지 못해 스스로 택한 유배와 다름없지만, 그조차도 마신의 의도였다면? 난 말이야, 마신이 흑장미여왕을 써서 어비스를 집어삼키려는 것이 아닐까 싶었어. 아무리 어비스가 대단한 곳이어도 절대신격이 직접 강신한다면 그 즉시 인과율이 폭주했을 거야.]

천공성은 텅 비어 있었다.

서민식이 와 있지 않을까 싶었는데, 한 달 동안이나 로즈덤에 가 있었으니 서민식도 자기 집으로 돌아간 듯했다.

[그래서 예의 주시해서 살펴봤지. 혹시라도 흑장미여왕이, 자각이 있든 없든 마신의 앞잡이 노릇을 해서 어비스를 삼키려 한다면…… 난 즉시 모든 미련을 버리고 어비스에서 탈출할 생각이었거든.]

'그렇게까지 할 필요가 있어요?'

[있어. 늦으면 돌이킬 수 없을 테니까. 그만큼 마신과 마계는 위험해.]

과민한 걱정이었지만 말이야. 봉제 인형이 그렇게 덧붙였다.

백현은 한 달 동안이나 꺼두었던 핸드폰의 전원을 켰다.

그사이에 연락이 꽤 많이 쌓여 있었다. 관리국을 포함해 여러 곳에서 온 연락들이다. 검무회의 행적을 찾아내지 못했다는 이야기와 몸은 나아졌냐는 질문들.

백현은 대충 눈으로 훑어보고서 메시지를 삭제했다.

하이로드와 퓨어세인트 사이에 어떠한 관계가 있다는 것을 확인한 이상. 관리국과도 거리를 두어야 했다. 이깟 팔찌로 백현의 모든 것을 감시할 수는 없겠지만, 필요 이상으로 연관될 필요는 없다. 어쩌면 여태까지 관리국의 부탁에 따라 했던 일들이 퓨어세인트와 하이로드의 장단에 놀아나는 것뿐이었을지도 모른다.

'팔로워도.'

관리국에 넘겼던 계시자 테베스나, 아직 얼굴도 본 적이 없는 체프와 야두. 그리고 이름도 모르는 놈이 하나. 그들에 대한 이야기도 관리국에게 전했고, 관리국 측에서는 자신들이 나름의 조치를 한 뒤에 필요하다면 백현에게 도움을 청한다고 했다.

그게 벌써 몇 달 전. 아직까지 아무런 소식이 없다.

찾아내지 못해서? 아니면 도움이 필요 없어서?

[다쳤다고 들었는데, 정말인가?]

라이 룽에게도 연락이 와 있었다. 마룡왕 이후로 만난 적은 없었고, 간간이 안부만 물어왔다.

사실 만나고자 한다면 언제든지 만날 수 있겠지만, 왠지 백현은 라이 룽 쪽이 의도해서 거리를 두려 한다는 느낌을 받곤 했었다.

[답장이 없는데 크게 다친 모양이지?]

[설마 죽은 거냐?]

[죽지는 않았다는데. 어비스에 가 있는 건가?]

[답장 좀 해.]

[지난번과 똑같은데. 넌 왜 이럴 때마다 한참이나 연락이 끊어지는 거지?]

그런 식의 메시지가 꽤 많이 쌓여 있었다. 백현은 피식 웃으며 라이 룽에게 답장을 보내 주었다.

[안 죽었어.]

선계에서 돌아와 했던 답장과 똑같이 보내주었다.

발렌시아에게도 비슷한 연락이 와 있었다.

[나 제주도 간다.]

[돌아왔는데, 당분간은 바빠서 연락 잘 안 될 거야.]

서민식에게도 연락이 와 있었다. 제주도?

'왠 제주도야?'

날짜를 보니 마지막으로 메시지가 온 것이 일주일 전이다. 전화는 해보았지만, 서민식의 핸드폰은 전원이 꺼져 있었다. 무슨 일이 있는 것인가 싶어 조금 걱정이 들었다.

그리고 마지막.

사흘 전. 가장 최근에 온 연락이다.

"……이게 누구야?"

등록되지 않은 번호.

내용은 간결했다. 서울에서 가장 높은 호텔의 스위트룸으로 오라는 내용이 전부였다.

To Be Continued